はじめまして、本棚荘

紺野キリフキ

MF文庫
ダ・ヴィンチ

「昔はねえ、お家賃というのは本で払ったものですよ」

「本」

「ええ。本」

大家さんはそんなことを言った。

まっすぐわたしを見つめて、お家賃は本でもって支払っていたのだ、と彼女はそう言う。

「だけど今の若いひとってあまり本を読まないでしょう。だからわたしも、しかたなくね、近頃は現金で頂くことにしているの」

「ああ」

「毎月二十五日に持ってきてちょうだい。わたしはちゃんとここで待っていますから」

大家さんはそう言って膝に手をのせた。わたしは、わかりました、今後ともよろしくお願いします、と頭を下げて部屋をあとにした。

ぎぃぃぃ

ばたん

はじめまして、本棚荘。

はじめまして、本棚荘

201号室　とげ抜き師のいた部屋

姉に頼まれて留守番をしている。

姉は東京でとげを抜く仕事をしていた。わたしの田舎は山に囲まれており、とげを抜ける者はたいせつにされていた。なかでも姉はとりわけじょうずにとげを抜いたので、皆から一目置かれていた。ときどき町のひとからも依頼を受けわざわざとげを抜きに山を下りることもあった。そういったことが続くと姉は東京に行くと言いだした。祖母は、東京にはとげがない、と反対したが、姉は年寄りの言うことには耳を貸さず東京に向かった。しばらくして、東京にもとげがある、と短い手紙が来た。姉はきちんと働いている。

一方のわたしは学校を出たあと、ふもとの町でＯＬ暮らしをしていたがその会社がうまくまわらなくなり、一番の下っ端であるわたしが一番にクビにされた。困ったものだ、と思っているところに姉が突然帰ってきた。

「今度、遠くの国でとげを抜いてくる。その間おまえは東京で留守番をしていなさい」

と、まるでわたしの事情を知っていたかのように命令を下した。その足で姉は空港に行き、わたしは地図を片手に姉のアパートに向かった。

本棚荘、という古いアパートである。


「ここがあなたのお部屋ですよ」大家さんが腰を伸ばして言った。「二〇一号室ね」

「はい」

「お向かいさんは女のひとだから安心できると思うわ。よく眠る方でとても静かよ。それとうちには猫がいるのだけど蹴っ飛ばさないように気をつけてあげてちょうだい。あたしよく蹴飛ばしちゃうの」

「気をつけます」

「あとは電話のことね、玄関のところにあった電話は見たかしら」

「はい、ピンクの、古いやつ」

「そう、うちの共同電話なんだけれど、ほかのひとは使っていないのよ。だけどあなたのお姉さんがずいぶん気にいってらしたから、よかったらあなたも使ってあげて？　話すときは十円玉が必要だから。百円玉は使えないから注意してね」

「はい」

「あとは何があったかしらね。家賃のことはもうお話ししたし」

「わからないことがあったら、またお伺いします」

「そうね。じゃあそうしてくれるかしら」

「はい」

「あなた、東京は初めて？」

「はい」

「じゃあ、はじめましてね」

大家さんはガラスのような目でわたしを見上げた。


荷物を部屋に置いてから山に電話をかけた。今アパートに着いた、と報告すると、部屋はどんな具合だ、と祖母が訊いてきたので、いい塩梅だ、と答えておいた。棚がたくさんあって便利そうだった。念のため祖母に、昔は本で家賃を払うのが普通だったのか、と訊いてみたが祖母はそんな話は聞いたこともないと言った。

「誰がそんなことを言った」

「大家さんが言っていた」

「ばかばかしい。おまえは田舎者だから、かつがれたのだ。東京の人間には気を許すな」

「わかった」

「本なんて買うんでないぞ。もったいない」

「うん」

祖母は早口で、ばあちゃんはもう寝る、おまえもからだを休めておけ、と言って電話を切った。受話器を戻すときに、この共同電話の話をするのを忘れたと思った。古い型の公衆電話で、昔山にあったものと同じだった。今では見かけなくなった型なので、東京でまた使うことになるとは思わなかった。姉はよいアパートを見つけたと思った。

初めての東京暮らしは悪くなかった。部屋も広く二部屋ある。駅のそばのスーパーは一晩中やっている。

気にかかるのは、ほんとうに姉がとげ抜き師として働いていたのかどうかだった。こんな都会にとげがそう多くあるとは思えない。食べていけるほどの収入があるかはあやしく、何かいかがわしい仕事でもしていたのだろうか、と心配もした。その一方で、もしほんとうに客が来たらどうしよう、という不安もあった。わたしもとげを抜けるが姉ほどではない。大家さんの話によれば姉のもとにときどき来客があったという。

山から持ってきたパソコンをつなぎ姉にメールを書いた。

昨日、本棚荘に着きました。

棚がたくさんついていて、すごいですね。

そちらのようすを知らせてください。

この留守番が長く続かないことをわたしは願っていた。しかしその夜、電話が鳴った。本棚荘に、ジリリリリリ、と、電話の音が鳴り響いた。

とげを抜くひとがいるって、聞いたんですけど。

真夜中であった。女の声で、とげを抜くひとがいるって聞いたんですけど、と聞こえてくる。あまりやさしい声ではない。刺してくるような調子である。わたしは、はい、います、と子どもみたいな返事をした。この間まで会社勤めをしていたというのに、姉の部屋に来たせいで子どもに戻ってしまったようである。はい、います。今から行っていいですか。今から？　だめなんですか。

もう十二時をまわっている。どうやって来るのかもわからない。姉からは営業時間など聞いていなかったので答え方もわからない。けれど、ずっと部屋にいろ、とは言われている。それでわたしは、お待ちしています、と答えた。

へんな部屋ですね、その女はじろりと中を見まわしそう言った。

「看板とか出してないんですか」

「今はまだ」

「でもあなたがとげ抜き師さんなんですよね」

「わたしは留守番です」

「え？」

強い調子で、え？　と訊きかえされ、まずいことを言ったと後悔した。

わたしは留守番です、でもちゃんととげも抜けますし、姉からはよくおまえのほうが抜くのはうまいかもしれない、と言われていました、と続けると、女は乱暴な調子で、姉って何のこと、と問いつめてきて、わたしが、あのうつまり、と口ごもれば、はあっ、とため息をついた。

「じゃあ、ほんとうのとげ抜き師さんはいつ来るんですか」

「わかりません」

「わからない？」

「今外国に行っているので、いつになるかわからないんです」

「でもあなたさっき、お待ちしています、って言いましたよね？　なのにとげ抜き師がいないってそれどういうことですか」

「だからわたしが」

「最低」

そしてため息である。

どうすればいいかわからなかった。こんなに矢継ぎ早に責めたてられると、どうしたらいいかわからなくなる。いやな沈黙が続いた。会社にいるときを思いだした。あのときもわたしは黙っていた。

やがて女は、とげ抜き師さんが帰ってきたら連絡して、と名刺を差しだした。ふつうの名刺ではなく「百合枝」と下の名前だけがきらびやかに刻まれており、下にはお店の名前が入っている。夜の仕事をしているひとのようだった。言われてみると、そんなふうにも見える。すぐに連絡してくださいね、と言い残し、その女は出ていった。

そしてわたしは姉にメールを書いた。

今日、お客さんが来ました。百合枝さんという方です。姉さんの知っている方でしょうか。ずいぶんと急いでいるようです。返事を待っています。

姉からの返事はなく、かわりにあの女がまた現れる。今度は昼過ぎに来た。昨夜会ってからまだ半日と経っていない。

「とげ抜き師の先生、いる?」

まだ帰ってきてません。いつ帰るの。わかりません。

女が例のため息をつき、わたしは、だいぶ時間がかかると思う、外国だから戻ってくるのには時間がかかる気がする、と言う。外国ってどこ。聞いていないんです。なんなのそれ、あんたばかにしてるの。ばかになんかしていません。

女はにらむ。にらまれると目をそらせない。見つめられると、そらすことができなくなる。先に視線をそらしたのは女のほうだった。

「あなたも抜けるんですよね」え、と問い返すと、あなたも抜けるって昨日言ってましたよね、と女は繰り返した。

「抜けます」

「じゃあ肩のところだけでも抜いてほしいんですけど」

お金をたんすにしまい、わたしはまた姉にメールを書いていた。

あのひとがまた来ました。肩のところだけでも抜いてほしい、と言うのでわたしが抜きました。でもあれはとげではない気がします。あんなものは山では見たことがありません。彼女は、葉っぱだ、と言っていました。連絡がほしいです。彼女はまた来ると言っています。

今度は返事が来た。ところがわたしの言うことにはまるで答えてくれていなかった。

この国は、とげがたくさんある。

抜いても抜いてもとげが来る。

そしてまたあの女が来る。

今日も百合枝さんが来ました。わたしの抜き方がうまい、とずいぶんほめてくれました。でも昨日抜いたところからまた生えています。明日も来る気がします。今も部屋には草の匂いが残っています。返事をください。

けれど返事はない。そしてあの女がやってくる。夜中に車が停まった音がしたかと思うと、荷物があるから手伝って、とアパートの前から電話をかけてきた。仕事の帰りであるらしく着物姿だった。タクシーを二台も連れてきていて後ろの一台には花束がつまっていた。
「どうしたんですか、これ」
「あたし今日、誕生日なのよね」
おめでとうございます、と告げると、あははは、と大きな笑い声が返ってきた。夜中にそんな大声は困るのだが、女は気にするようすもなく、お酒の匂いをまき散らして部屋に花束をかつぎこんでいった。《百合枝さん、お誕生日おめでとうございます》という札がいくつもあった。ほら、お花並べて。ちゃんと見栄えがいいようにね。言われるままにわたしは花を並べた。部屋中に花があふれお花屋さんのようになった。それを口に出すと女がまた笑った。あんたばかみたいだね、本とか読まないでしょ。読まないです。読んだほうがいいよ、せっかくこんなに本棚あるのに空っぽのままじゃもったいないじゃん。本棚？

「どしたのあんた、へんな顔して」

「本棚って何のことですか」

「何って、これ全部本棚じゃない。廊下にあるのも、玄関にあるのも全部本棚じゃない」

「これ、本棚だったんですか」

「なんだと思ってたの」

「ただの棚だと思ってました」

「ばかじゃないの」女は笑いだす。「だってここ本棚荘って名前なんだからただの棚のはずがないじゃない。あんた、大学とか出てないでしょ」

「出てないです」

「やっぱり。大学くらい出ておかないとだめだよ。あたしも高卒だからいっつもお客さんにばかにされる。でもあたし北海道で一番の高校出てるんだよ？　中学受験だってしてるんだから。なのになんでこんなふうになっちゃったかな」

女は機嫌がよかった。本棚にしなだれかかり、今度うちのマンションから本持ってきてあげるね、と言った。

「でもわたし、読まないから」

「いいから置いておきなよ」彼女は言う。「本棚に入れておいたらいつか手にとることもあるかもしれないし」

「好きなんですか？　本」

「うん、好き」女は花束をたぐり寄せた。「読むと頭よくなった気がするでしょ。あたし、頭のいいひとが好きなんだよね。ねえ、写真撮ってくんない」

「写真？」

女は携帯電話を差しだしてきた。

「記念撮影しなきゃ、こんなにお花あるんだから」

「どうやって使うんですか、これ」

「あんた携帯も使えないの」

「使えません」

「だめだねえ。とげ抜きだけじゃなくてほかのことも覚えなさい」そう言って女は使い方を教えてくれた。教え方がへたでよくわからなかったが、ボタンを押せばいいということはわかった。パシャリと一枚撮ると、次はもっと近くで、だとか、今度は澄ました顔で、などとうるさく注文をつけてきて十枚は撮らされた。終わると満足げに寝転がった。ひとの部屋なのに自分の部屋のようにくつろいでいる。わたしよりもなじんでいるくらいだった。

「クーラーつけてないの？」

「あるけれど、電気代がもったいないから」

「クーラーつけないとお花死んじゃうよ。どんどん寒くして」リモコンをいじりながら女は花束をうれしそうに眺めていた。んふ、んふ、とほんとうに楽しそうにする。

ねえ、すごくない？　このお花、今日もうひとりのお姐さんも誕生日だったんだけどさ、あたしの半分も来てないよ。しかも今日すごくいい客が来てシャンパン入れさせたさ。どうしよ、あたし今月ナンバーワンになっちゃうかも。すごい。あたしってすごい。

そんなふうにはしゃいで、また、んふ、んふ、と笑う。大きな笑い声はこわかったが、この笑い方はこわくなかった。

ねえ、また抜いてよ、と女が甘えるように言う。あんたに抜かれるの、すごいきもちいい。そう言うなり帯をときはじめた。小さい子が浴衣を脱ぎ散らかすみたいに脱いでいく。脱ぎ終わるなり、さむいっ、と叫んでそのまま畳に倒れこみ、見ないで、えっち、とからだをよじらせた。素直に、はい、とよそを向けば、また、んふ、と笑った。

抜いて？

はい。

女の背中には芽のようなものが生えている。生えている、というよりも、ついている、という言い方がふさわしい気もする。肌に浮かんだ飾りのように、小さな芽がちょこんと生えている。女はそれを葉っぱと呼ぶ。

わたしは女の背をもみながら葉っぱを抜く。今日は少ない。初めて見た日は固い芽がいくつも生えていた。それに女の背は凝り固まっていて、まずそれをほぐさないことには始まらなかった。

——とげを抜くときは、とげではなくからだをみるのだ。

姉はわたしにそう教えてくれた。からだをさわると肉の動きがわかる。その動きにそってとげを抜けばよい。ゆっくり抜くときもあれば、ひゅっと抜くこともある。この葉っぱはゆっくり抜いたほうがいい。すうっと静かに抜くと、女が、はぁっと息をもらした。

あんた、やっぱりうまいね。

おもしろいようにすいすいと抜けていった。女は、今日はあんまりマッサージしてくれないんだね、と口にしたがそれが必要ないほどに抜けやすかった。いつもは抜いていると草の匂いが立ちこめてくるが今日はそれよりも花の香りが濃い。花束と着物にいろどられた部屋はいつもの部屋ではないようだった。

葉っぱがあるから最近は肩出すドレスとか着れなくてたいへんだったんだよね、と女は言う。しかもね、葉っぱがあるとセックスができないんだよ。これはほんと困る。

そんなことを言われるとわたしも困るが、女は楽しそうに、何あんた、こういう話苦手なの、とからかってくる。

「ねえ、苦手なの？」

「わかりません」

「あはは、苦手なんだ」

「そういう話、したことないから苦手かどうかわからないです」

「それ、苦手って言うんだよ」女は、あんたかわいいね、と言って脚をばたつかせた。

でもあんたって葉っぱを抜くのはほんとうにうまいよね。こないだのとき全然痕が残ってないからびっくりした。あたし、母親みたいなきたない背中になるのだけは絶対いやだったからさ。

お母さんも生えてたんですか、と訊くと、知らない、とつっけんどんな答えが返ってきた。だけどあのひと、ほんとうにきたない背中してたよ。あたしがちっちゃい頃「お母さんの背中きたない！」って言ったらね、あのひと泣き真似して「お母さんは若い頃つらい恋をしたから葉っぱが生えたのよ」なんて意味不明なこと言ってさ。ばかみたい。あのひと、ほんと頭わるいんだよね。嘘ばっかりついてる。

女が母親の話をするのは初めてだった。いつも好き勝手にしゃべるひとではあるけれど、普段はその日にあったことを語るだけだった。昔のことを話すのは初めてだったと思う。彼女によれば、彼女の母親は結婚するまでに三十回も四十回も見合いを重ねたのだという。それで散々断られたあげくに、どうしても子どもがほしい、と相手を泣き落として、一回りも年上の男と結婚した。それでも彼女を産んだらすぐに別れたという。

だからあのひとはあたしを産むためだけに生まれたんだよ、と彼女は笑う。言っていることにはとげがあるが、その口ぶりはやわらかかった。今日なんてお母さんあたしに電報送ってきたんだよ、ハッピーバースデー百合枝ちゃん！　って。電報もらったのなんか生まれて初めて。でもあたし、お母さんの誕生日にもっと高いもの送ってあげたんだけどなあ、電報ってちょっと安すぎない？


「仲いいんですね」

「よくないよ。お母さん大嫌い。だって頭わるいもん」

「この葉っぱって恋と関係あるんですか」

「あるはずないじゃん、ばかばかしい」彼女は鼻で笑った。「なんでそんなこと訊くの」

「百合枝さんがさっきそう言っていたから」

「言ってないよ」

「いえ言いましたよ」

「言ってないって」

「言ったじゃないですか」

「記憶にございません！」そう言って彼女は脚をばたつかせる。ちょっとやめてください、と言うと「バタフライッ」なんて言ってわたしをけっとばした。いたかった。

あははは、と大声で笑って百合枝さんは携帯電話に手を伸ばす。落ちつきのないひとだった。いつも動いている。止まったら死んでしまうのかもしれない。さっきから携帯電話がしょっちゅう鳴っているのだけれど、そのたびに画面は確認するが電話に出ようとはしなかった。

「出なくていいんですか」

「いいよ、どうせお客さんからの誕生日メールだし。これ全部返信するの超めんどくさい」

「でもたくさんメール来ていいですね」

「よくないよ、めんどくさいだけ」そう言って脚を折り曲げる。白くてきれいな脚である。背中を見ていても思うが、このひとはほんとうにきれいなからだをしている。はだかになるとその白さが際だつ。初めは自分より年上だと思ったが、もしかするとわたしとさほど変わらないのかもしれなかった。

一番メールほしいひとからメール来てない。

え？

訊きかえしたが、なんにも言ってくれなかった。携帯電話を放り投げて、ぱたり、と脚を下ろした。メールほしいひとって誰なんです、ともういっぺん訊いてもだめだった。いったん黙りこむと何を訊いても答えてくれない。

抜いた葉を拾い集め、今日はもう終わりに、と言いかけたところで目をうたがった。背中がさっきまでとちがっていた。ついさっきまできれいだったところに大きなふたばが生えていた。草の匂いがした。

どうしたの。

いいえ。

葉っぱが生えたの。

いいえ。

生えたの。

わたしは再び背に手を置いた。硬かった。しっとりとしていた肌が冷たくなっていた。エアコンがブゥンと音をたてて動きだし鳥肌が立ちはじめた。

「もういい」

姉に手紙を書いた。

返事をください。あれはやっぱりとげではありません。わたしが抜いてもだめな気がします。抜いても抜いても生えてきます。お願いだから返事をください。


次の日、女は来なかった。待たなければいけない気がしてスーパーにも行かずじっと待っていた。部屋にはまだ花がある。生けるにしても量が多すぎて生けようがない。エアコンをつけたままにして待っていた。

そして姉の返事も待っていた。

一日経っても、姉からも女からも何もない。わたしは朝早くにスーパーに行き、夜は女を待った。その日も来ず、次の日も来ず、また次の日も来ず、花が腐りはじめた頃にわたしはごみ袋に花をつめた。《お誕生日おめでとうございます》と書かれた札を折り、花がただのごみとなった夜、女が現れた。


「とげ抜きの姉さん、帰ってきたの」

まだです、と答えると、女は初めて会った日と同じく乱暴に、いつ帰ってくるの、と責めたてた。わかりません。なんでいないの、わたしちゃんとお金払ってるよね。あの、とわたしは言う。考えていたことを女に告げる。

「あなたは、わたしの山に行ったほうがいいかもしれません。山にはわたしよりうまいひともいるし、あなたのそれは、もっとちゃんとみてもらったほうがいいと思う」

女の顔色がわるかったのは明かりのせいだけではないと思う。今日はゆったりしたワンピースを着ている。背中の具合がよくないのかもしれない。わたしじゃだめだと思う、と繰り返した。あなたは山に行くか、それでなかったら、たいせつなひとに抜いてもらわないとだめなんだと思う。

彼女はわたしをにらみつけ、どこにいるの、そのたいせつなひとって、と口にした。そんなひとどこにいるの。

わたしにはわかりませんけれど、でも前言っていたあなたのお母さんの話からすると、とそこまで言ったところで彼女が声を荒げた。さっきからなんなの、あんた。山に行けとか、別のやつに抜いてもらえとか、あたしはここに客として来ているよね。なのにどうしてそんなこと言われなきゃなんないの。そんなにあたしを追い出したいわけ。

そんなこと言ってない、と言いかえすと女は黙った。女が黙るとわたしも黙る。女はわたしを見つめて、わたしは女を見つめかえし、そして女が目をそらした。

「抜いてよ」彼女は言った。「あんたが抜いてよ」

部屋を暗くした。女が、見るときもちわるくなるから暗くして、と頼んだ。エアコンのランプの点滅が気になる、と言ってコンセントまで抜かせた。部屋を真っ暗にして彼女は脱いだ。

わたしは昔のことを思いだしていた。

まだ姉と山で暮らしていた頃、姉のとげ抜きを手伝うことがあった。姉はそのたびに「おまえはわたしよりもうまいかもしれない」とほめてくれた。けれどそれは細く小さなとげのときだけだった。大《おお》とげの際、姉は決してわたしに手伝わせなかった。奥の部屋にこもり、一晩かけて、ときには何日もかけてとげを抜いた。わたしが、手伝うよ、と言っても部屋に入れてくれさえしなかった。大とげを抜いたあとの姉は心底くたびれたようすで床についていた。わたしが「だから手伝うって言ったのに」と言っても首をふった。おまえの抜き方ではだめだ。

どうして。

おまえはとげを抜くのがうますぎる。だからおまえはだめなのだ。


「脱いだ」

女の言葉がなくとも脱ぎおえていたことはわかっていた。草の匂いがはいあがってくるようだった。山を思いだす。けれどここは山ではない。匂いはこの女の背からしている。

そこに寝てください。

うん。

わたしは匂いに手を伸ばす。背は硬かった。手のひらを置いただけでそのこわばりが伝わってくる。でも暗くて葉が見えない。少しでいいから明かりがほしかった。

女はもそもそと鞄をさぐり、わたしにマッチを手渡した。薄明かりで充分だった。マッチをすり白い背を照らした。

きもちわるいでしょ、と女は言う。

けれど、そんなことはなかった。きたないとも、きれいとも思わなかった。そういう種類のものではなかった。背中に生えているのは一本のふたばだけだった。先日生えていたふたばがそのままのかたちで大きく育っていた。とても大きい。

あまり力をこめずに背をもんだ。もみながら根をさぐっていった。根から抜かなくてはいけない。うわべだけ抜いてもこれはまた生えてくる。ほんとうの根から抜かないといけない。しかしさぐればさぐるほど肌の下にある根を感じた。考えていたより古い根かもしれない。それにしても大きなふたばである。ふたばというのはふつうここまで大きくならない。ふたばというのは生まれたての段階である。そこから成長し、つぼみをつけ花を咲かせる。そのために強い根が必要となる。それなのにこのふたばは、ふたばのまま大きくなってしまっていた。

根が深いですね、そう告げると女は、うん、と返事した。長いことあるからね。そうなんですか。そうだよ、ずっとある、肥料も水ももらってないのにね、なのに生える。むしってもむしっても、生えてくるんだよ、あんたに抜いてもらったとき信じられないくらいきもちよかったから、ああもうこれでだいじょうぶなんだ、って思った、ようやくあいつを忘れられるんだ、って思った。なのにすぐまた生えた。あんたに抜いてもらってからますますひどくなった。前はここまでひどいの生えてこなかった。あんたの責任だよ。あんたのせいなんだから、だからじょうずに抜いてちょうだい。もう二度と生えないよう、きちんと抜いて。あたしだって、もうやなんだよ。いつまでも引きずるのは、やなんだよ。

ねえ、と女は言う。早く抜いてよ、もむのなんか別にどうだっていいからさ、さっさと引っこ抜いてよ。百合枝さん、とわたしは声をかけた。いたくしても、いいですか。うん、と彼女は言った。

ひとつ深呼吸し、茎をつかんだ。右手で握り左手は背をおさえる。葉を引き抜きはじめる。そおっと強く、ゆっくり速く、わたしは茎を抜きにかかる。背がこわばってきた。それを力でおさえつける。根の動きを感じた。

ねえ、どこさわってるの。

彼女のふとももが、ぴくんとふるえた。葉を抜いている。背の葉を引っぱっているというのに彼女の脚がけいれんする。根が反応している。根は奥まで延びている。馬乗りになって葉をつかむ。いたい、と声がする。茎が裂ける音がした。腕がばたんと跳ねた。それもおさえる。のしかかりながら根を引っぱる。いたい、ねえ、何してるの。暴れまわる彼女を抱きかかえる。動くのはからだだけでない。そのたびに葉もゆれる。風もない部屋で葉っぱがゆれる。草の匂いがした。彼女のうなじからも耳からも草の匂いがする。わたしは右手に力をこめた。

「やめて！」

女に突き飛ばされ、どこかに頭をぶつけた。

頭に手をやると手がべっとりと濡れていた。草の汁なのか血なのかわからないが、手に残っているのは匂いだけで茎は手の中にない。女の荒々しい息が響いていた。草の匂いが濃かった。呼吸が整ってから声が届いた。ごめん、ちゃんとやってくれてるのに、ごめん、今度はおとなしくしてるから、もう一回抜いて。

わたしは真っ暗の中彼女の匂いに告げた。無理かもしれません。無理？　その葉っぱは抜けないです、根が深すぎる、からだのどこまでも根がある。じゃあ根っこごと抜いちゃってよ、いたくていいから。からみすぎてるんです。からんでる？　そう、脚にも腕にも、指先にまでからんでいる、深く深くはいりこみすぎている、これはもうとげなんかじゃない。知ってるよ、これは葉っぱだよ。そういうことじゃない、これはあなたの一部になってる、こんなもの姉さんだって抜けやしない、こんなものをからだに生やしたあなたが悪い、なんでこんなに深く、深くまで、だってこれを抜いたら、あなたがあなたでなくなってしまう、あなたがこわれてしまう。

勢いこんでしゃべって息が切れた。汗をぬぐうと、さっきの血が顔についた。匂いがわたしにまでうつっている気がした。

暗闇で百合枝さんが小さく、ふん、と鼻をならした。

そんなに深く、はいってたんだ。


次の日、姉にメールを書いた。

今朝、百合枝さんが帰っていきました。姉さんは昔わたしに、おまえはとげを抜くのがうますぎる、と言ったことを覚えていますか。わたしは昨日その言葉を思いだしていました。正直なところ今でもじょうずに抜くのがなぜいけないのか、わたしにはわかりません。でも昨日、わたしは彼女のとげをうまく抜くことができませんでした。あんなにひどい抜き方をしたのは初めてです。百合枝さんは朝ご飯を食べながら「昨日のあれは死ぬほどいたかった、訴えたら勝てるレベルだと思う」とこわいことを言っていました。でも帰るときは、ばいばい、と手をふってくれました。お礼にケーキを送ってくれるそうです。東京のケーキは食べたことがないので楽しみです。

結局あの夜、わたしは百合枝さんの葉っぱを剃刀で切り落とした。あんなやり方をしたことはなかった。切るとだらだらと血が流れ布団に血が染みた。今でもその染みを見ると、あのときのむせかえるような匂いを思いだす。子どもの頃遊んでいた原っぱの匂いだった。百合枝さんにそう言うと、草の匂いなんてしない、と彼女は言った。でもたしかに原っぱの匂いがした。花のない草だけの光景である。

当分生えてこないように根元をマッチで焼いた。熱い、いたい、と百合枝さんは言った。やめましょうか、と言ったが、いい、やって、と彼女は言った。いたい、いたい、すごくいたい。

鼻をすすりながら彼女はわめいた。

いたいいたい、すごくいたい、いたいいたい、すごくいたい。

姉からの返事はすぐに来た。

この国はほんとうにとげがたくさんあり、わたしはすばらしい成功をおさめている。近頃は国賓待遇である。毎日みずみずしい果実とうまい肉を食べている。そしてとげを抜いている。

まるで関係のないメールの数分後に《追伸》と題されたさらに短いメールが届いており、そこには、おまえにしてはよくやった、と一行だけ書かれてあった。

未だに姉は帰ってきていない。いつ帰るのかと訊いても「今日は仮面舞踏会に招待された」とよくわからない返事を書いてくる。ほんとうに外国にいるのかどうかもあやしくなってきた。だんだん返事が来る頻度も落ちてきた。わたしはと言えば、まだこのアパートにいる。あれ以来とげ抜きの客は来ていないが大家さんがしょっちゅう来るようになった。

「この本、おもしろいわよ」

「はあ」

「最近は何かお読みになった？」

「大家さん」

「なあに」

「わたし、本は読まないです」

何度もそう言っているのに大家さんはわかってくれない。あら、そうだったかしら、と首をかしげられる。

最近は駅前の花屋でアルバイトを始めた。とげ抜きの仕事がないのだからお金を稼がないといけない。この間は店長の指にとげが刺さったのでいよいよ自分の出番だと思ったが、前のようにうまく抜くことはできなくなっていた。ぐじぐじといじって、ずいぶん嫌がられた。早くもクビの危機である。

店長に嫌がられたあとはたいていスーパーをはしごする。東京で一番おもしろいところは夜のスーパーだと思う。部屋に帰ってもすることはないので、きらびやかな店を二軒も三軒もまわる。買い物はあまりしない。無駄遣いをしないように財布にはお金をほとんど入れないことにしている。わたしの財布にはいつも一枚の五百円玉と百合枝さんの名刺だけが入っている。欲しいものがあったときは名刺を取りだして、ぐっとこらえる。毎日のように見ているものだからお店の名前も番地も全て覚えてしまった。

「節約しよう」

お金が貯まったら、会いに行こうと思っている。

▽ある老人と、ある女の会話

本棚荘から遠く離れた駅にて、わたしは電車を待っていた。

まだ電車は来ない。

「事故でもあったのかね」と、老人がつぶやいた。「こんなときに限って本の一冊も持っていない」

「はあ」とわたしはあいづちを打った。

「お嬢さんはどこへ行くつもりだったのかね」

「東京」

「東京のどこへ」

「本棚荘です」

すると老人は左目だけをちらりと動かし、わたしの顔をのぞきこんできた。

「お嬢さん、君は今本棚荘って言ったのかね」

「はい」

「まいったね」と老人は頭をふって笑う。「こんな田舎の駅でその名前を聞くとは思わなかったよ、本棚荘か。君、あそこに住んでいるの」

「住むかどうかはまだわかりません」

「やめておきなさい、あれは君のような未来のある若い娘が住むアパートじゃないよ」

「そうなんですか」

「そうだとも、あそこの住人は誰も彼もろくに本を読まない。おまけに働きもしない。家賃の日なんて皆で居留守を使うものだから建物中がしーんとするくらいだ」

「詳しいんですね、本棚荘のこと」

「それほどでもないが」と老人は時計を眺める。「まあしかし、ちょっと話そうじゃないか。電車はまだ来そうにない。あのばかげたアパートと、ばかげた住人たちの話でもしようじゃないか」

303号室　猫遣いのいる部屋

東京の人間は挨拶をしないらしい。

朝、本棚荘の廊下で住人たちとすれちがっても皆挨拶をしない。わたしが、おはようございます、と声をかけても、うぅ、となぜかうめき声が返ってくる。山では考えられないことだが、郷に入っては郷に従えと言う。わたしもここの流儀にならい挨拶をやめた。

無愛想なのは人間でなく猫も同じだった。

ときどき廊下で猫とすれちがうのだけれどどこの子もやはり挨拶をしない。代わりに本棚の陰に隠れて、じっとこちらを見つめてくる。たいてい顔が半分だけ見えている。

祖母であれば、それで隠れたつもりかぇ、と不気味な声で襲いかかるところだが、東京でそんな声を出しているひとはいない。だからわたしも東京のやり方に従い本棚に半分だけ隠れてにらめっこをする。

「あなた、何しているの」

そういう場面を大家さんに見られるととてもきまりが悪い。

「ないしょです」

「本でもさがしているの？」

「いえ、全然」

「たまには本をお読みなさいな。猫ちゃんと遊んでないで」

「ちがいます、遊んでなんかいません」

「あらちがうの」

「はい」

「じゃあ、あたしが遊んでもいいわね」

「え」

　大家さんにはよくこうして猫を奪われた。猫のほうも大家さんには心を許しているらしく、すんなりと抱っこされる。そんな姿を何度か見かけたものだからわたしはこの猫は大家さんの飼い猫なのだと思っていた。事実大家さんも「この子は本棚荘の猫よ」とそれらしきことを言っていた。ところがちがった。大家さんがなぜそんな物言いをしたのかはわからないが、猫にはちゃんとした飼い主が別にいたのである。

　ただし、この飼い主のほうは猫ほどすてきな人物ではないようだった。

＊

「やあ、こんばんは」

彼がわたしに声をかけてきたのは、とある蒸し暑い夜だった。暗い廊下の向こう側から声をかけてきた。

「あんた、前住んでたひとの妹さんらしいね」ギシギシと床を踏みならしながら近寄ってきたのは不精髭の男である。顔に笑みを浮かべてはいた。「お姉さんは今何やってるの」

「外国に行っていて」

「へえ、外国」

「はい」

「あんた、おれのこと知らないよね」

「ごめんなさい」

「何、気にしなくていいよ、おれもしばらく部屋を空けていたから。だけどあんたの姉さんとは親しくさせてもらっていたんだ。悪かったね、今まで声もかけずにいて」

「いえ」

「よかったら飯でもいっしょに食わないか。うまい店を知っているよ」

わたしはスーパーの袋を見せて断った。今日はもうお総菜を買ってしまった。ところが男は「そうか。じゃ、あんたの部屋でいっしょに食おう」と乱暴なことを言ってきた。「おれも何か持ってくる。それまで荷物を見ててくれ」と鞄まで押しつけてくる。

でも、と言いかけたとき男の鞄から、
　にゃあ
と声がした。え、と思って見てみると、ファスナーの隙間から顔を出してきたのが猫だった。
「すぐ戻ってくるから見ててくれ。おれのたいせつな鞄だ」
　男は不器用にウインクをし、猫はふつうにまばたきをした。

＊

「それにしても似てないね、あんたたち姉妹は」

「よく言われます」

「どこか一つくらいは似てても良さそうなものだけどな」

「おでこが似てます」

「おでこ？」

「はい、特に生え際が瓜二つ《うりふた》だと祖母にはよく言われました」

「生え際か」と男は手を止める。「そこまでは見てなかった」

「はあ」

そしてまた食パンにかじりついた。

男は部屋から食パンを持ってきて何も塗らずに食べていた。うちにはトースターもない。すみません、と謝ると、男は「いいんだ、猫舌だから熱いのは嫌いだ」と言った。けれどわたしがごはんとおかずを食べているのに客に食パンだけを食べさせるわけにもいかない。結局、買ってきた総菜を二人で分けることにした。男はチーズ入りオムレツをいやに喜んだ。

「うまいね、これは」

「わたしも好きです」

「でもこういうのって高いだろ。あんたいっつもこんなの買ってるの」

「夜になるとシールを貼ってくれるから」

「シール？」

わたしはスーパーの店員さんが貼ってくれる《半額》《30％ＯＦＦ》という割引シールの説明をした。男は知らなかったようで「へえ、こんなにうまいのに半額なんだ。お得だね」と感心した。わたしも珍しくひとに物を教えたものだからずいぶん得意な気持ちになった。

話を聞けばこの男も東京の出身ではないらしい。今はそろばん塾で手伝いをしているというが元は別な仕事で各地をまわっていたという。

「あんた、猫遣いって知ってるかい」

「猫遣い」

「知らないか。だけど猛獣使いなら聞いたことあるだろう。サーカスは見たことある？」

「ありません」

「なんにも知らないんだな」

少し残念な気持ちになった。やはりわたしは物を知らない。

「まあそれでいい。サーカスみたいなくだらんもの見ちゃいかん。あそこにいる猛獣使いっていう連中は鞭《むち》でもって虎や象をびしばし叩くんだ。そうやって芸を仕込む。一種の動物虐待ってやつだね。おれはいかんと思う」男は続ける。「だけど猫遣いはちがうよ。そもそも猫っていうのは、もともと芸を仕込めるもんじゃない。言うことをきかない生きものだ。だけれども特別な血筋の猫と特別な力を持っている人間がいっしょになったならばそれができる。おれたちはそういう存在なんだ」

と、彼は堂々と言ってのける。

「見なよ、今だってこいつはおとなしくしているだろう。並の猫だったらこうはいかないよ。飯の匂いをかぎつけて暴れまわっている。賢い猫なんだよ、こいつは。下品な真似は一切しない」

彼の話によればかつて猫遣いというのは家々をまわって芸を見せていたという。猫芝居というらしい。人形劇のように猫に着物を着せ芝居をするのだという。

見てみたいですね、とわたしは言ったが、男が首をふった。

「猫遣いは客を選ぶ。あんたみたいな若いお嬢さんの前では芝居はしない」

「どうして」

「おれたちがまわる家っていうのはいかず後家のお嬢さんがいる家だけなんだ」

「いかず後家」

「そう、亭主を見つけられなかった、ちょっと年食ったお嬢さん。一昔前だったら、どこそこにそういうお嬢さんがいるっていう噂はいやでも耳にはいったもんだ。野良猫ってやつは町の噂にくわしくてね、あいつらに訊いてわからないことなんてなかった。あとは夜が来るのを待ってそのお嬢さんの窓を叩くだけだ。猫に窓をノックされてごらん。追い返せる奴なんていないよ。窓を開けたら猫芝居の始まりだ。いいもんだよ、月明かりの下で猫が舞うのを見るのはね」

「すごい」

「もっとも全部昔の話だ。まったくいやな世の中になったもんだよ。いつの間にか猫遣いは減っていったし、あの年食ったお嬢さんたちも顔を見せなくなった。もう猫のノックみたいな小さな音には気づかないらしい」男は鞄に手をのせた。「もう芝居の仕方も忘れてきた。数年やらなければ腕も錆びる。今、あんたに見せられるものといったら、せいぜいこいつのつぶらな瞳くらいだね」

男がファスナーを下ろすと中から、ひょい、と猫が顔を出した。これまでかくれんぼをしていた仲だけにこうして対面させられると少々ばつが悪い。猫は蛍光灯がまぶしいのもあってか目をしばしばさせている。

「なあ、こいつにも食わせていいかな。この卵のやつ」

「どうぞ」

「おい、お許しが出たぞ。食え」

猫は鞄から抜け出て用心深そうにオムレツをなめた。気に入ったのか、そのままぺろぺろと舌を動かし続けた。昔山で見た猫はもっとがつがつしていたものだが、この猫は上品に食べる。

少し楽しくなってきた。

猫遣いを名乗るこの男は得体が知れなかったが、この鞄猫は愛らしい。この子をそばで見るのは初めてだったし、にわかに楽しい夕食になってきた。

「うまそうに食ってやがる、こいつめ。なんて言ったっけ、この卵のやつ」

「チーズ入りオムレツです」

「チーズ入りオムレツね」と男は暗唱するみたいに繰り返した。「できることなら毎晩食わせてやりたいが、そうもいかねえな」

「十時過ぎると割引シールが貼られますよ」

「うん、しかしおれも懐具合があんまり豊かじゃなくてね」

「はあ」

「金に困っているわけじゃないよ。ただ、あんたに言っていいものやら」

「何がですか」

「言っていいのかね」

「おっしゃってください」

「じゃあ言うけど」と男は口を開く。「金を返してくれないかな」

「え」

「あんたの姉さんに、金を貸してたんだ」

何も言えずに男の顔を見つめた。

不精ひげの男が思い詰めた目でわたしを見つめてくる。

猫はぴたりと動きを止めた。

＊

厄介なことになったと思った。

男の言っている額は思いの外大きかった。返せないほどではない。しかしすぐに手渡せる額でもない。

ひとまず姉にメールを書くことにした。長い手紙になった。まずこちらの気候を長々と伝え、アパートの住み心地について述べ、鞄猫のこと、そしてその飼い主のこと、と徐々に近づき、ようやくのことで「姉さんはお金でも借りていたのでしょうか」と書き付けた。

いやな文章だった。書いていて苦しかった。結局それは送信せずに保存だけしてやめにした。とは言っても、近いうちになんとかしなくてはならなかった。彼のほうも困ってはいるらしい。

「おれもいっぺんに貸したわけじゃない。ちょっとずつだった」彼はそう言っていた。「あんたの姉さんが越してきた頃、何度か用立てをした。電話代の十円だとか、そんなものだった。ただ、そういうことがちょくちょく続いた。困ったもんだとは思ったが、うちの猫をかわいがってくれているようだし、おれも強くは言えなかった。それでいつだったか少しまとまった金を貸した。これはちゃんと返してもらわないと困るな、と思っていた矢先にいなくなってしまった。今思えば、あの金も外国行きに使われたのかもしれない」

わたしはただただ頭を下げるばかりだった。

「あんたが悪いわけじゃない。こっちだって理由も訊かずに貸していたのが悪い。これはおれの持論だが、借金っていうのは借りるほうも悪いが貸すほうにだってそれなりの責任がある。何、急がなくていい。いつか返してくれればそれでいい」

はい、と返事をした。もうごはんも何も喉を通らなくなっていた。

「申し訳ないね。急におかしな話をして」男は猫をひょいと持ち上げ再び鞄にしまいこんだ。

「すぐでなくて、いいからな」そう繰り返し、部屋をあとにしたのだった。

厄介なことになったと思った。

＊

何をしていても厄介事は頭から離れなかった。スーパーの店内を歩いていても心は晴れない。お金は返せるならすぐに返したほうがいいに決まっている。けれどどうしても腑に落ちないのが、姉が借金をした、という点だった。姉はひとに借りをつくることを良しとしなかった。昔わたしは友だちから飴玉をもらっただけで姉にこっぴどく叱られた。そういう付き合いはよせ、と姉は言った。

「飴玉くらいならいいと、おまえは思っているだろう」姉はそう言った。

わたしは飴玉をほおばりながら黙ってうなずいた。

「じゃあそれがショートケーキだったらどうする？」

わたしは考える。うれしい気がする。

「お返しはどうする気だ」

　それは考えていなかった。

「クリスマスケーキを丸々一個だったら、どうする」

　姉はさらに問いつめる。

「おまえの友だちが『おはよう、これあげる』と言ってクリスマスケーキをよこしてきたとするだろう。家にはもうばあちゃんが買ったケーキがあるのにだ。おまえはそのケーキをただで受け取ってよいと思うか」

「…わかんない」

「わからないだろう」姉は言う。「物をもらうと負い目ができる。お返しをしないといけなくなる。もちろん、ただでもらっていい物もある。けれどどこかに、もらっていい物といけない物の区切りの線がある。それはわかるな」

「うん」

「そしておまえにはその線が見えていない」

「うん」

「だから何も受け取らないほうがいい」

　何も与えるな。

　何も受け取るな。

姉がわたしに教えたのはそういうことだった。飴玉は吐きだすように言われて、わたしは台所に行かされた。食べかけの飴をぺっと吐きだすと、なんだか無性に悲しくなった。

そんなことを思い出していると久しぶりに飴玉をなめたくなった。ああいう大きな飴玉がないかと菓子売り場にまで足を伸ばした。東京でお菓子を買ったことはまだない。ようやく飴玉のコーナーを見つけてしゃがんだところで肩を叩かれた。

「お客様」

はい、と顔をあげると、ひとりの店員さんがかがみこむようにしてわたしを見ている。見知った顔の店員さんだが、照明が逆光になるせいか、ずいぶん気むずかしい顔に見えた。

「お客様、ちょっとよろしいですか」

「はあ」

「申し訳ありません、ちょっとお伺いしたいことがありまして、こちらに」

わけもわからぬまま立たされ「こちら」という声に導かれ、入ったこともない奥へと連れられる。魚売り場の戸を押し開け「こちらに」「こちらです」段ボールの山を横切り「こちらに」電灯のついてない廊下を歩かされ、やがて陰気なドアの前にたどりついた。

「お客様」とあらためて彼は言う。「たいへん申し上げにくいのですが、万引きをしたお客様がいらっしゃいまして」

どきりとする。

やっていない。

「もちろんお客様ではございません」

安心する。

「ただ、あちらのお客様がおっしゃるには、自分は万引きをするつもりはなく財布は妻が持っているのだ、と言うのです」

「妻」

「それがお客様のことなのですが」

「わたしが、妻」

「はい、それで、あちらの夫だと自称する方がですね、お客様が普段ご来店する時刻ですとか、お買いあげになる品物にまでくわしいものですから、念のためこうしてご足労願ったわけなのですが」

「はあ」

急に会話がしどろもどろとなっていく。

初めの勢いを失い、店員さんも首をかしげながら言う。

「どう、なんでしょうか」

「どう、と言われましても」

＊

「いやあ、助かった！」店を出るなり男は馴れ馴れしくわたしの背をはたいた。「まさかほんとうにあんたが来てるとは思わなかった。救われた」背中をばんばん叩きながら猫遣い氏が言う。「警察呼ぶぞ、なんて脅されて、にっちもさっちもいかなくなってたんだ。おい、おまえも礼を言え」猫遣いが鞄をゆらすと、中から「にゃ」とこもった声がした。猫もいるらしい。

「でも、どうしたんですか」

「どうしたもこうしたもないよ。いきなりあそこの店員に腕をつかまれて万引き扱いだ。ひどい濡れ衣だ」

「濡れ衣」

「そう、あの馬鹿共ときたら警察気取りで『鞄の中身も見せろ』とか言いだして猫がいるのにぶん回そうとするんだ」

「ひどいですね」

「ひどいもんだよ。あげくの果てに『この鞄も盗品じゃないのか』なんて言いがかりをつけやがって。馬鹿野郎。あんな奴らにこの鞄の値打ちがわかるか。三越で買ったんだぞ」

猫遣い氏の怒りはおさまらない。

けれど店員さんの話と猫遣い氏の話にはずいぶん食い違いがあった。

店員さんによれば猫遣い氏がポケットに入れる場面が監視カメラにきちんと収められているという。しかも猫遣い氏はレジに向かうことなく店の外に出た。そこで肩を叩いたところ、今度は走って逃げだしたという。

これではその場で警察に突きだされてもおかしくなかったと思う。

結局、わたしが品代を立て替えて事無きを得た。猫遣い氏は「財布忘れちゃって」と言っており一円も持っていないようだった。

「まあしかし、あんたには迷惑かけた」

「いえ」

「荷物、おれが持つよ」

「だいじょうぶです」

「気にするなって。かわりにあんたはこいつを持ってやってくれ」そう言って鞄のほうを差しだされ、買い物袋と交換した。持つと猫の重みがあった。やわらかい重みがある。

「なあ、あんた」猫遣い氏が言う。「例の借金の話なんだがね」

ふいにその話題を出されてからだがこわばった。

今その話は聞きたくなかった。

「おれ、今日迷惑かけたろう」

「はあ」

「だから借金、半分でいい」

「え」

「気にするな気にするな。どうせあんたの借金じゃないわけだし、半額でいい」

そう言って猫遣い氏は上機嫌に買い物袋を振りまわした。

＊

その夜も「いっしょに飯を食おうか」と誘われたが、さすがにためらった。すると向こうも今日ばかりはあきらめがよく「そうかい」と帰っていった。

彼が階段を上るギシギシという音を聞きつつ、どうも妙なことになってきたとわたしは思った。姉に出すつもりだったメールはひとまずなかったことにした。なにしろつい昨日聞いた借金が一日で半額になった。

東京では借金も夜になると割引になるのだろうか。

彼の話にはほかにもおかしなことがたくさんある。そもそもなぜわたしのことを「妻」などと言いはったのだろう。さっき彼は「あんたがほんとに店に来ているとは思わなかった」

と口にしたように思う。わたしが居ることも確認せずにそんな嘘をついていたのだろうか。でたらめが多すぎる。それもひどく杜撰な嘘である。

やっかいなことになった、おかしなひとにかかわってしまった。

「にゃあ」

鳴き声でようやく鞄を返し忘れたことに気づいた。黒い鞄の中でもぞもぞと猫が動いている。

「ごめんね。閉じ込めて」

ファスナーを下ろしたが猫は出てこなかった。

「もうだいじょうぶだよ、こわくないよ」

それでも出てこなかった。のぞきこむと底面にへばりつくように猫は縮こまっていた。顔はあげなかった。


どうしたの。

なんでもありません。

出ておいで。

そうはまいりません。

猫は下を向いたままだった。


あんたは悪くないんだよ、あんたが謝ることはないよ。

すみません。

おいで、ごはん食べよう、あんたのご主人様がとってきたやつ。

頂けません。

ほんとうに？　チーズ入りオムレツだよ。


ふぎぃ、と、猫は細く鳴いた。まぶしそうにわたしを見上げる。たぶん猫にとってはわたしが逆光になっていたのだろうと思う。

＊

翌日、猫と鞄を返しに行こうと大家さんに訊ねに行った。わたしは猫遣い氏の部屋を知らなかった。

「あら猫ちゃん、今日はめずらしい組み合わせね」

昨晩の事件には触れず、飼い主さんの部屋番号だけを訊ねた。大家さんは、あのひとは上の階よ、と曖昧にしか答えてくれなかった。

「あのひと、また何かやったの」

「いいえ何も」

「ほんとう？　隠さなくていいのよ」

「はあ」

「あのひとって悪いことすると決まって猫を預けてくるのよ」大家さんは言う。「お詫びのつもりなんだろうけど」

「お詫び？」

「そう。お家賃を払えないときもね、必ずうちに猫ちゃんを連れてくるの。たぶんこの子、猫質にされてるのよ」と大家さんが笑う。

「猫質」

「そう、猫の人質。家賃をちゃんと払うまで、この子の身柄は本棚荘に拘束されているの」

「ああ」

「だからさっきあなた、飼い主さんの部屋を訊いたけれどね、この子に飼い主さんはいないわ。あのひとが家賃を払うまで、この子の飼い主は《本棚荘》なのよ」

　ああ、そういうことですか、とわたしがうなずいて、でもこの鞄はどうしましょうか、と訊いてみると大家さんは「そっちは３０３号室の人のものね」と部屋を教えてくれた。

猫遣い氏の部屋はなかなかおもしろいつくりだった。少し住みにくそうですね、とわたしが言うと、でも猫は喜ぶよ、と彼は言った。

「あんたの部屋とはだいぶちがうだろ?」

「はい」

「他の部屋はたいてい壁一面に本棚がくっついているんだ。でもおれの部屋だけこういうふうに本棚が塔みたいになっている」

猫遣い氏の言うように部屋のあちこちに回転式の本棚があった。どれも細長くタワー型である。ただ、どの棚にも本は入っていない。

「猫遣いさんは、本は読まないんですか」

「読まないよ、おれが本を読む人間に見えるかい」

「見えません」

「だろうな。ここの住人は誰も本なんて読まないよ」

部屋のどこかで電話が鳴ったが猫遣いさんは、気にするな、いたずら電話だ、と手をふった。

＊

「だけど便利なもんだぜ」と彼は続ける。「この部屋の本棚って高さがばらばらだからな、これなんかは椅子に使えるし、あっちは靴下をしまうのにぴったりのサイズなんだ。猫だってぴょんぴょん跳ねまわれるから楽しんでいる」

「ああ、なるほど」

「そもそもあいつが気に入ったからここを借りたんだ。おれはこんな本棚ばっかりのアパートはいやだったんだけど、あいつがどうしてもって言うから」

「猫のほうが大事なんですね」

「猫遣いは猫ありき。人間のほうはおまけみたいなもんだ」

「電話、切れちゃったけどいいんですか？」

「いいんだよ、最近間違い電話が多いんだ。それよりおまえ、さっき本の話をしただろう」

「はい」

「実はちょっと相談したいことがあるんだ」猫遣い氏は声をひそめた。「ここの家賃が本でもいいっていう噂、おまえ聞いたことあるか」

「説明は受けましたけど」

　入居したときに聞いた話はこうである。昔、家賃というのは本で支払っていた。今でもできることならば本で頂きたいが最近のひとは本を読まない。だからしかたなく現金でもらっている。それが大家さんの弁だった。

「でも猫遣いさん、うちの山では、本でお家賃を払うなんて聞いたこともありません」

「ああ。おれの故郷でもなかった。もし『お家賃です』なんて言って本を持っていったら、たぶん強欲ばばあにぶん殴られている」

「大家さんは強欲じゃないですよ」

「そうかな。案外本の角でスコーンと眉間をぶってくるかもしれない」

「こわいですね」

「ああ、おそろしい。それで物は相談なんだが試しにおまえ、本で家賃を払ってみないか」

「何を言い出すんです」

思わず眉間を手でおおった。

「だいじょうぶだ。あのばあさんだって嫁入り前の娘の顔に傷をつけはしないだろう。それにな、これにはちゃんと根拠があるんだよ」

「なんですか、根拠って」

「おまえの姉貴が大家のばあさんに本を渡すところを見たことがある」

「姉さんが」

「ああ。あの女がいなくなる直前のことなんだ。ばあさんの部屋の前で二人が本をやりとりしていた。あいつはきっと金に困って本で支払ったんだ。まちがいない。ここの家賃は本で払えるんだよ」

「でも姉さん、そのあといなくなったんですよね」

「そうだ」

「もしかしてそれ、本なんかで払おうとしたから追い出されたんじゃないですか」

「その可能性もある」

「いやです。わたし追い出されたくありません」

「だいじょうぶだ。もし追い出されても二週間くらい身をくらませていたらなんとかなる。年寄りのことだから物覚えはよくないはずだ」

「やめてください、小声でそんなことを囁かないでください」

「東京は何があるかわからん。おれもこの間、そのあたりのマダムに『あらぁ、かわいい猫ちゃん！　鞄に住んでるのね、ちょっと見せてくださる？』なんて言われてあいつを買われそうになった。おれも思わず売りそうになった」

「そんな告白しないでください。顔が近いです。ていうか電話が鳴ってますから」

「だから間違い電話なんだよ」

「それならちゃんと間違いだって言ってあげてください」

わたしは猫遣い氏から逃れ、部屋にある電話を探す。

けれどここは棚があちこちにあるのでどこに何があるかわからない。

棚のどこかにあるのはまちがいないが、どのタワーかがわからない。宝探しのような気分でわたしはあちこち探した。

「そんなところにはないよ」「こっちですか?」「おまえには見つけられないな」「あ、そこが怪しいです」「ちがうちがう。止むまでに見つけられなきゃ、本で家賃を払ってもらうからな」「いやです、山の女をなめないでください。これでも虫とりは姉以外に負けたことはないんです」「おれは虫が嫌いだ」「そんなこと囁かないでください、あ、ここが怪しい」「ばか、さわるな」「あ、発見しました、電話虫。出ちゃっていいですか」「だめだ」「もしもし」


自分らしくないことをした。知らない部屋で浮かれていた。受話器をあげた瞬間、猫遣い氏の顔つきが変わった。よくないことをした、と思ったら、電話線の向こうから、居るならさっさと出やがれ、馬鹿野郎、今から行くからな、金用意しとけ、と乱暴な声がした。


背筋がひやりとした。受話器はすぐに奪い取られ、ガチャン、と下ろされた。

「だめだろ、ひとの電話に出たら」

「すみません」

「どうした、びっくりしたのか。悪いね、おれの友だち、ちょっと柄《がら》が悪くてね。悪いね。だけどおまえもよくなかったね」


猫遣い氏はたくさん笑ってわたしを部屋から追い出した。けれどバタンと扉を閉めたらすぐにまたバタンと開けて「なあ」と言った。

「はい」

「おまえの姉貴の借金、あれちょっとだけ今日いいかな。一万円でいいんだ。猫を動物病院に連れて行く日でさ」

そのあと彼が何を言っていたかはよく覚えていない。

二万円を渡した。

＊

姉には叱られるだろうと思った。

かかわるな、という姉の声が聞こえる気がした。昔、もらった飴玉を吐き出せと言われたときのように姉が叱る気がした。

小さい頃のわたしは飴玉をなめたかった。

大きくなった今は、猫と仲良くしたかったのだと思う。

わたしは昔から成長していない。

＊

猫遣い氏はあれ以来しばらく姿を見せなかった。

猫のほうはときどき見かける。ひとりで鞄の中に入っていた。

「ふぎぃ」

「おまえ、そんなことをしていると捨て猫だと思われるよ」

「ふぎぃ……」

わたしはと言えば、あいかわらずスーパーに通いときどきチーズ入りオムレツを猫にあげたりしている。廊下に出しておくと猫が食べに来るのである。

けれど時々大家さんがやってきて「落ちてたわよ」とオムレツを届けに来ることがある。そのたびに、ありがとうございます、とお礼を言うのが少々わずらわしかった。そういうことが何度も続くものだから、いいかげんわたしも、これは落としたものではなく猫にごはんとしてあげているのだ、ということを説明せざるをえなくなった。

「あら、そうだったの」

「そうなんです」

「あたしも、もしかして猫ちゃんのためかしら、とも思ってたんだけど、あなた少しぽおっとしてらっしゃるでしょう。だから落としたのかしら、とも思って」

「落としてません」

大家さんはなかなか帰らない。

「ところでね」

「はい」

「あなた最近、猫の飼い主さんを見かけたかしら」

「いいえ」

「そう」と大家さんは首を横に倒しながら言う。「もし見かけたら、だいじょうぶよ、って伝えてくださるかしら」

「だいじょうぶ」

「そう。ちょっとこの間変なひとたちが来てたんだけれども、もうだいじょうぶだから戻ってらっしゃい、って。猫ちゃんも心配しているでしょうって」

何がだいじょうぶなのか大家さんは言わなかった。わたしも大家さんも、猫遣い氏本人についてはきちんと語らない。話の持って行き方に困れば「猫ちゃんが心配するから」と猫をはさんでしゃべっていた。

しかし猫の話題も尽きてきた。大家さんはまだ帰らない。

「あの」とわたしは何か話題を考える。

「何かしら」

「わたしの姉は、あのひとと親しかったんでしょうか」

「どうかしらね」と大家さんは首をかしげる。「しゃべっているところは見たことないわ」

足音がしたのは、大家さんがそう言ったか言わないかのときだった。階段のほうからダンッダンッと、おれはここに居るぞ、と言わんばかりの足音がして猫遣い氏がわたしたちの前を通りすぎていった。

本棚荘の人間は挨拶をしない。

誰も何も言わなかった。

*

おかしくなりはじめたのはその頃からだった。

目が覚めるとどうも喉がちくりとする。んんっ、んんっと咳払いをすればすぐに止む。ただしばらくすると痛みだす。わたしだけではないらしく廊下を歩くと別の部屋からも「んんっ、んんっ」と咳払いの音がした。

その一方で猫遣い氏が妙に元気だった。そろばん塾の仕事をしつつ、別の仕事も探しているらしい。大家さんによれば、近頃の猫遣い氏は毎朝鞄を持って出かけているそうである。「立派になったわね」と感心する大家さんだが「猫ちゃんに会えなくてさみしいわ」とも言っている。

わたしもしばらく猫を見かけていなかった。せっかく部屋には鰹節やにぼしを買いそろえてみたのに来てくれない。嫌われただろうか、と思っていた頃、猫遣い氏に挨拶をされた。初めて会った日のように廊下の向こうでギシギシと音をたてながら声をかけられた。

　こんばんは、しばらくだね、と言う彼に頭を下げると、この間の二万円持ってきたんだ、とお札を二枚差しだしてきた。そして「またいっしょに飯でも食わないか。どこか外で」と言われる。はあ、と曖昧に答えていると、今日は空いているか、とくる。今日はまだ何の支度もしていなかったので、ええ、と答えた。猫に会いたい気持ちもあった。

「少し歩くんだが、かまわないか。前言った、うまい店」

「はい」

「じゃあ行こうか。歩きながらこれでもなめてなよ」

「え?」

　彼の手から大きな飴玉が転がりでた。

＊

「好きなものを頼んでいいぞ。今日はおれのおごりだ」

　駅の裏手にある小さな居酒屋さんだった。猫遣い氏がビールを早くも飲み干そうとする中、わたしは梅酒をちびりちびりとやりつつメニューを眺めていた。

「遠慮しなくていいからな。なんでも頼め」

　お金はほんとうに持っているようすだった。

「あのう」と、店の喧噪の中わたしは声をはりあげた。

「決まったのかい」

「パチンコとかで勝ったんですか」

　それが大家さんの予想だった。猫遣い氏は賭け事が好きで競馬だとひどく負けが込むが、パチンコではそれなりに勝つのだという。それで訊いてみたわけだが、彼はにやにやと笑うだけだった。

「パチンコはねえ、あれは時間がかかるし、ちょぼくさくて」

「ちょぼくさい」

「それよりおまえ、さっさと決めろよ」

　再びメニューに視線を落とす。どれもしゃれていておいしそうだった。ただ、やはりお金のことが気になった。あまり頼む気にもなれず猫も食べられそうなメニューを探した。オムレツがあったのでそれを選び、あとはほっけを一尾頼んだ。

「それだけでいいのかい」

「はい」

「オムレツとほっけか」

彼の口からそう聞くと、とても妙な取り合わせに思えた。変えたいと思った。けれどもう遅い。猫遣い氏は店員さんを呼びつけ「オムレッとほっけ」「かしこまりました。オムレッとほっけ」「あとは、これとこれと、これ」と、ろくにメニューも見ずに注文をした。ビールも新しく注文した。

そして料理が来るまでの手持ちぶさたな時間が始まった。「足、崩せば」「わたし正座のほうが楽なんです」「へえ、変わってるね」「からだのおさまりがいいんです」猫遣い氏は咳払いをして、猫みたいなやつだね、とビールを飲んだ。「猫ちゃん、出してあげなくていいんですか」「何が」「だから鞄から出してあげなくていいんですか」「オムレッとほっけ、お待たせしました！」「さあ来た来た」猫遣い氏は早速ほっけに箸をのばした。

わたしはオムレッのほうにフォークをつきさした。中からはきのこだとか、いろいろなものが出てきた。たくさん入っていた。

「引き抜かれたんだ」と、猫遣い氏が唐突に言う。

「何がですか」

「猫」

「え？」

「猫ね、よその猫遣いに引き抜かれたんだ。いい話だったし、売っちゃった」

よく意味がつかめなかった。ばかみたいに、え？　と繰り返した。

「今ごろあいつ、よその家で楽しくやってるよ。金持ちそうだったし」と猫遣い氏は妙な話を始めた。「ほら、前言っただろ。よその奥さんに猫を欲しいって言われたって。あの親子にまた会ってね、ガキのほうが『鞄猫だ、かわいい！』って走ってきたんだ。うるせえな、こいつ、と思ったけど『ほしい、ほしい』ってしつこくてさ、誰がやるか、おれは猫遣いだぞ、って思ったけどね、このご時世、猫遣いなんて流行らないだろう。それで冗談のつもりで『ほしいのか、坊主』って言ったら例の奥さんがさ『そんな、ただでなんて頂けません』とか言うんだよ。あれ、こいつもしかして本気かな、と思ってね『そうですね、多少は頂きませんと』って言ってみたら、あの馬鹿親がほんとに金を出す気らしいんだよ」

猫遣い氏は箸をくるくる回した。

「おれはそのときやっと気づいたよ。こいつらはただの馬鹿親子じゃなくて、実はプロの猫遣いにちがいないって。それも相当の凄腕だね。何しろおれたちの素性を一目で見破ってあいつをスカウトにかかったんだからね。ただの馬鹿に猫を渡す気はさらさらないが同業者となれば話は別だ」

黙ってわたしは聞いていた。

「最初の日にそれで五万もらって、でも次の日に気が変わって『やっぱりたいせつな猫だから返してほしい、五万では譲れない』って言ってみたんだ。そうしたらまた五万くれるんだよ。これは本物だと思った。あいつらは猫遣いだよ。もしも猫遣いじゃないとしたら本物の馬鹿だ。東京の人間のくせに大馬鹿野郎だ」

　急に黙って眉をひそめた。

「ちくしょう、骨が刺さりやがった」

　んんっ、んんっ、と彼が咳払いをする。

　どこまでがほんとうの話だか見当もつかない。ひとまず「猫ちゃん、いないんですか」と訊いてみた。

「いないよ。だからおれはもう《猫遣い》は廃業したんだ」と言い、また咳払いをする。

「だめだ、とれねえや。米はないかな。米を飲むととれるって言うだろ」

「でも猫遣いさん」

「その話はもう終わりだ。大体おれはもう猫遣いじゃない」骨の具合がよくないのか、ずいぶん不機嫌な声を出す。

「それよりおまえの姉貴の借金、そっちをなんとかしてくれないかな」

「ああ」

「おれはこの間の二万円を返しただろう。返さないのはやっぱりまずいんじゃないかな」

「ああ」

「前言ったように半額でいいからな。ちょっとトイレに行ってくる」と咳払いをしながら席を立った。

あらためて今のおかしな話を整理しようとする。

猫が引き抜かれた。

よその猫遣いに引き抜かれた。

またお得意のでたらめだろうか。彼がいない隙に鞄に手を伸ばしてみた。軽かった。簡単に持ち上がる。中を開けると紙がたくさん入っていた。猫はいない。競馬新聞や破った馬券、それと、これまた破った写真があった。どこかの小ぎれいな子どもが猫を抱いている。遠景で見にくいが、それはあの猫である気がした。

ほんとうにこの家にもらわれてしまったのかもしれない。

「何やってるんだよ」猫遣い氏が戻ってきた。

「すみません」

「だめだろう、ひとの鞄、勝手に開けたら。この間もおまえ、ひとの家の電話を勝手にとってたよな。そういう教育受けてきたの、お姉さんから」

すみません、と繰り返す。

「さあ、いつ返してくれるんだ、借金」

「姉に、連絡します」

「え?」

「姉に言って、すぐ戻ってくるように伝えます。それで姉のほうから必ずお返しします」

「お姉さんと連絡、とれるんだ」

「はい」

「そう、じゃ頼むよ」

彼は笑いながら箸を持つ。それでもまた咳払いをして顔をしかめる。

あの、骨、お取りしましょうか、とわたしは申し出る。

「え？　ああ、とってくれるの？」と男はほっけを差しだしてくる。

「いえ、そちらでなくて喉の骨です。喉に刺さったそれ、取りましょうか」

「喉の？　できるの」

「はい、上手なんです。姉にもよく誉められていました」

「へえ、じゃ頼もうかな」

わたしは箸を持って立ち上がると彼がおののく。

「ちょっと待てよおまえ、箸でとる気か」

「ええ。だってここには道具がありませんから。それとも指でとりましょうか。少し苦しいのを我慢して頂ければ指でもできます」

「いや、やっぱりやめた。自然にとれるのを待つ」

「そうですか」

猫遣い氏はしばらく黙っていた。たぶん咳払いを我慢しているのだろう。ときどき妙な顔つきをして、ごくん、と生つばを飲みこんだ。

「痛そうですね」

「いや何、たかが魚の骨だから」

「ええ、たかが魚の骨ですから」

沈黙。

「ねえ猫遣いさん」

「ん」

「前から思ってたんですけど、その鞄、高そうですよね」

「ああ、そうだろう」

話題が変わって猫遣い氏の表情もくるりと変わった。鞄を手元に引き寄せてうれしそうにしゃべる。

「これな、オロビアンコって言うんだよ。知ってるか？　イタリアのブランドだよ」

「知りません」

「だろう？　おまえみたいな田舎者はブランドなんて何一つ知らないだろう。これはな、今すごく人気が出てきてる新しいブランドなんだ。三越で買ったんだ」

「へえ」

「初めて東京に来たときにね、ライターの高いやつを買おうと思って三越に行ったんだが鞄売り場で出会っちゃったんだよ、このオロビアンコと」

その鞄は彼に似合っていなかった。雰囲気が若すぎるし、服にもてんで合っていない。おそらく店員からの受け売りだろう。オロビアンコ、というその名称を何度も繰り返し「今人気なんだ」と必ず付け加える。

オロビアンコ、オロビアンコ、今人気のオロビアンコ。高かったんだ。

「でも猫遣いさん」

「ん」

「なんで、そんな高い鞄買っちゃったんですか。ライター買えば良かったのに」

「あいつが気に入ってさ」

「え？」

「悪い、骨が、またなんか変なところに」

「もう一回言ってください」

「だからね」

彼は、んんっ、んんっ、と咳払いをした。

「ああ、やっと落ちついた」

「だいじょうぶですか」

「もうだいじょうぶ。ええと、何の話だ、そうだ鞄の話だ。そう、それで三越ん中歩きまわってるときに鞄売り場でポケットから……が」

「何が」

「また、骨が」

んんっ　んんっ
んんんんっ
「わたし、やっぱり抜きましょうか」

今度ばかりはさすがに猫遣い氏も「頼もうかな」と言うので「箸と素手とどちらがいいですか」と訊くと「上手にとれるほうで」とのことだったので素手でやってみることにした。

「少し我慢してください」

と、まずは口を大きく開けさせて中をのぞきこむ。当たり前の話だが、見えない。やはり道具なしでできるものでもない。こうなると勘に頼るしかない。山にいた頃はそれでできたからなんとかなるだろうと思った。

「猫遣いさん」

「ん」

「はあ――って、勢いよく息を吸ってもらえますか」

「は――っ」

と、喉が大きく開いた隙に手をつっこんでみた。すると、ものすごく咳き込んだ。ごへっ、

ごへっ、とひどい音をたてはじめ、あげくの果てに、いくらかもどした。

だいじょうぶですか、と背中をさするも押し返されて、猫遣い氏はそのまま嗚咽と咳の混ざったようなものを繰り返す。あたりのお客さんもさすがに気にしだし、お店のひともやってきた。どうしました、と訊かれ、わたしが思わず「とげが」と言ったばかりに隣のテーブルで「とげ？」「え、なんか変なもの入ってるの？」「オムレツに？」などと騒ぎだし、ややこしいことになってきた。そしてわたしたちはあのスーパーのときと同じようにお店の奥へ奥へと連れられていったのである。

＊

「ははあ、なるほど。魚の骨でしたか」

店員さんに説明を終え、わたしは騒がしくしたことをお詫びする。猫遣いさんはまだトイレで苦しんでいる。

「それにしても」と店員さんは言う。「奇遇ですね」

「ほんとうに」

わたしも驚いていた。あのときのスーパーの店員さんがこの居酒屋さんにもいると思わなかった。東京は思っていたより狭い。

「スーパーはお辞めになったんですか」

「いえ、僕は週の半分は向こうで働いて、残りの半分はここで働いているんです」

「それはそれは」

立派なことである。

「ところで一つお伺いしたいことがあるのですが」と彼が身を乗り出してくる。「あの男性が住んでいるところが《本棚荘》っていうのはほんとうの話だったんですか」

「そうですけど」

「ほんとうだったんだ。ただのでまかせだと思ってましたよ」

「何のことです」

「だってあなた《本棚荘》と言えば僕たち学生の憧れのアパートですよ。家賃は格安だと聞くし、何よりアパート中に本棚があると言うじゃないですか」

「ありますね、本棚は」

「しかも大家さんが愉快なひとなんでしょう」

「愉快」

「気に入らない本が本棚にあると別の本にすり替えていくんでしょう？　その手際の良さときたら妖怪のようだと聞きましたが」

「そんなことするんですか、あの大家さん」

「僕はそう聞きましたが」

「誰が流しているんです、そんな噂」

「大学の先生が言っていたんですけど」彼はまぶたをひっかく。「住人も一癖ある連中がそろっていて、そもそも気にくわない住人だったら大家さんに追い出されるって話じゃないですか」

「それは確実にデマだと思います」

「デマなんですか」

「ええ、そんな物騒な場所じゃないです」

「それでも一度は暮らしてみたいアパートですね。うらやましいです」と腕組みをする彼。

どうも本棚荘にあらぬ幻想を抱いているようだった。

「ところでもう一人のお連れ様はどちらに」

「もう一人？」

「ほら、例の鞄にはいっている素敵なあの子ですよ」

＊

トイレから戻ってきた猫遣い氏の喉にはまだ骨が刺さったままだった。もう一度試してみたい気もしたが猫遣い氏が拒んだ。

「殺す気か」

「そんな大げさな」

懐中電灯を貸してもらって喉の奥を照らしたところ骨らしきものは見あたらなかった。店員の彼は「見えずに抜こうとしたんですか」と不思議がりつつも「病院に行ったほうがいいんじゃないですか」と提案する。しかし猫遣い氏は「保険証がない」と言い、さらに店長さんは「店の責任が」と心配する。

ややこしくなりそうだったところへ当の猫遣い氏が、おれは帰る、と主張しだし、お店側としてはそのほうが助かるらしく満面の笑みで送り出してくれた。お代はいらない、とのことであり、おまけにお食事無料券をくれた。猫遣い氏はわたしより一枚多くもらった。

家路につくまで猫遣い氏はわたしに悪態をついていたが、そのうち文句の種も尽きたか矛先は店のほうへとうつっていった。

「あのくそ居酒屋、とんでもない魚出しやがって。骨くらい抜いておけ」

かと思えば突然ほくそ笑んで「明日もゴネたらまたお食事券もらえそうだな」とも言う。

「やめたほうがいいと思いますよ」と、わたしは諌《いさ》める。

「どうしてだ。くれるって言うんだからもらわないと損だろう」

「姉はとげを抜く仕事をしていたんですけどね」と、わたしは言う。

「とげ？」

「ええ。あなたの喉の骨。ちょっととげに似てます」

「何を言ってるんだ」

「何の話かはわたしにもわからないんですけど」と考え考えしゃべった。「そういうとげって、よくない徴《しるし》です。これ以上変なことをしないほうがいいですよ。物をもらうとかはやめたほうがいいです」

「なんで」

うん、とわたしは詰まる。

「物をもらうって、ただじゃないんです。うちの山には昔から《ただより高いものはない》っていう格言があるんですが」

「それは日本中どこにでもある格言だ」

「え、そうなんですか」格好いい言葉ではないから山だけのものだと思っていた。「ともかく、ただで物をもらったときでも案外何かと取り替えっこをしているんですよ。今だってお食事券をもらったけれど、それは猫遣いさんがげほげほ苦しんだからでしょう。お食事券は『げほげほ』との取り替えっこです」

「取り替えっこか」猫遣い氏は笑う。「それならもういっぺん苦しんだら、またお食事券と交換してくれるってことだろう」

「でも」わたしは続ける。「お食事券くらいならともかく、もっと大きなものだったらどうするんです。取り替えがきかないようなものだったら、どうします」

「きかないもの？」

「たとえば、心臓とか、あとは眼とか」

「そんなものは交換しようったってできないだろう」

「猫とか」

「え？」

猫、という単語に猫遣い氏が反応した。

「あなたのやっていること、あぶないですよ」声がかすれてきてうまくしゃべれない。「山にもいました。取り替えっこのときに取り替えが絶対きかないようなものまで出しちゃうひとが。そういうひとはよくとげにやられていました」

「とげか」

「それに猫ちゃんがいなくなったら大家さんに追い出されるかもしれないですよ」

「そんなことはないだろう」

「ありますよ。だって猫遣いさんは本は読まないし家賃の払いも遅れているし、いいところが一つもないじゃないですか」

「言うね、おまえさん」

けほっと咳きこむ。もう声を出すのがつらくなってきた。

「おまえの言う取り替えっこの話はわからなくもないよ。そういう話は猫遣いの間にもあるから」

「猫遣いの間に？」

「ああ。おれもおやじさん連中から聞いたことがある。猫が猫遣いの命令をきちっときいてくれるのは、その猫遣いが人間に相手にされないかわりなんだってさ」

「かわり」

「そう。たしかに猫遣いは猫に言うことをきかせられる。だけど猫遣いっていう人種は他のことは何一つできないんだ。何の仕事もできなくて、ガキにも女にもばかにされる。だからそのかわりとして猫がそばにいてくれる。おれはそう教わったね。おれは、そんな話信じてないよ。だけど、聞いたことはあるね、そういう話」彼は続ける。「だけどそれなら尚更のこと、おれは後悔しないね。おれは猫を売ったんだ。それで金をもらったんだよ。その金で、あんたみたいな若い女と二人で飯を食うこともできた。こんなの何年ぶりかもわからん。もしかしたらこの先、仕事だって見つかるかもしれない。万々歳じゃないか。とげくらい、おれはいくらでも我慢するよ」

猫遣い氏の言っていることは、それから先は耳に入らなかった。彼は街灯の下に立っていて、わたしからは逆光になっている。その彼のもとにさっきから生きものが集まってきていた。増えてきたな、とは思っていたけれど、どこまでも増えていく。塀の上でたくさんの尻尾が踊っている。

猫だった。

一匹や二匹どころではなく、何十匹という猫が集まってきていた。

「猫遣いなんてもう辞めだ。おれはもっとでかいことをやる」

そう叫ぶ彼を猫たちが囲いこむ。彼がいくら猫を嫌ったところで猫のほうが寄ってくる。これほど最低の人間のどこがいいのか、猫の考えていることはわからない。足音も立てず、ものの数分で猫が塀を埋め尽くした。

猫もこれだけ集まると壮観だった。

「猫遣いさん、後ろ見てください」

「いやだ」

「あなただって気づいているでしょう」

「知らん」

「あなたは猫遣いですよ」

たくさんの猫の中から一匹の黒猫が跳んだ。

塀から電柱に跳びうつり、そのままてっぺんまで駆けのぼる。たん、たん、たーん、と空を舞う。この猫は見たことがあった。これだけ猫がいても不思議とすぐにあの子だとわかる。

猫のほうもどれだけ人間がいたところで主人を間違えはしないだろう。

黒猫は月明かりを浴びて、とん、と電柱から飛びおりた。くるりくるりと回転しながら、猫遣い氏が手にするあの鞄の中に吸いこまれていった。

音もせずに、ふっと消えた。

「猫遣いさん」

「ん」

「山の人間はそういうときにね、挨拶をするんです」

「挨拶？」

「おかえりって」

＊

その後猫遣い氏が猫のもらい手にどう説明したかは知らない。おそらく何も言わずにお金だけもらって逃げたのだろう。例の猫はいつものように本棚の陰で顔を半分だけ隠している。

わたしは少しの間熱が出たが、喉の痛みはもうよくなった。猫遣い氏の魚の骨もいつの間にか抜けたらしい。別段、彼と仲が良くなったということはない。姉の借金については今は何も言ってこないが、いつ何を言いだすかわからない。姉の言うように、あやしい人物にはかかわらないようにしようと思う。

もしかかわるとすれば猫のほうだけにしようと決めている。

わたしは猫遣い氏の鞄をのぞきこみ眠っている猫を確認する。

「猫遣いさん、名前、なんて言うんでしたっけ」

「オロビアンコ？」

「いいえ、鞄じゃありません。猫ちゃんの名前です」

「ああ、そいつ、名前ないよ」

「え？」

「猫遣いは名前なんてつけない」

名前がないなんて思いもしなかった。何かつけてあげてください、と言うと、今さら恥ずかしいよ名前なんて、と妙な恥ずかしがり方をする。

「いいから、つけてください。わたしたちのために」

「じゃあ」と猫遣い氏は困り顔で「猫のほうもオロビアンコでいいんじゃないか」と言う。

ずいぶん適当である。けれど悪くないかもしれない。

オロビアンコ、と呼びかける。

猫はぴくりとひげを揺らした。今日は初めて名前がついた日だから、お祝いをしないといけない。

「猫遣いさん、暗くなったらスーパーに行きませんか」

「おれ、あの店は行きにくいよ」

「どうして？　わたし、毎日行ってますよ」

オロビアンコの入ったオロビアンコを抱えて、わたしは靴紐を結んだ。

▽ある老人と、ある女の会話

「君は本棚荘の家賃について全てを知っているかい」

「本で家賃を払える、という話ですか」

「それもあるが、あそこにはもう一つ噂があってね」

「どんなです」

「なんでもおもしろい物語を聞かせたら家賃をまけてくれるというんだ」

「ほんとうですか」

「こちらの噂は間違いなくほんとうでね、もうずいぶん昔の話になるが、とある学生が実際に挑んだことがある。小説家になりたかった奴なんだが、おもしろい話を書いたから家賃をまけてほしい、と、ばあさんの部屋に持ち込んだ」

「へえ」

「大家のばあさんはにこにこしながら言ったよ。『ほんとうにおもしろかったら、いくらでもまけてあげますよ』とね」

「それ、どうなったんですか」

「おそろしいことになった」

「だめだったんですか」

「ばあさんはその学生の話が気にくわなかったようだ。『あなたは二度とお話をお書きにならないほうがいいわね』と宣言して目の前で原稿用紙を破り捨てた。しかもまけるどころか、とんでもない額の家賃を請求してきた」

「それはひどい話ですね」

「まったくだ。ぼったくりアパートだよ、あそこは」

老人は遠い目をして言った。

「だからね、君ももしあそこに住むなら気をつけたほうがいい。絶対に大家のばあさんに挑んではいけない。それと自分に妙な期待を抱くのもやめることだ。年をとってからも苦しむことになる」

老人はなぜか陰鬱な顔をした。

「思いだすだけでつらい」

203号室　眠り姫のいる部屋

ひとにものを頼まれた。姉の留守番をしている以上とげ抜きを頼まれることは予想していたがそれ以外のことを頼まれるとどうすればよいかわからなくなる。

「ヒナツのことを、よろしくお願いします」

若い男が頭を下げた。苦労してきたのか、てっぺんはうっすら禿げかかっていた。

ヒナツさんというのは本棚荘に住んでいる学生さんである。《本棚荘の眠り姫》とも呼ばれている彼女は一日の大半を布団の中で過ごす。昼夜を問わずに眠り続けるため、日中はアイマスク代わりに顔に本をかぶせて眠っている。だから彼女にとって本は読むものではなく、就寝のための道具である。そのため匂いと重さが何よりも重視されるらしい。ときどき顔にインクをつけたまま歩いているが、それを指摘しても何の反応もない。「知ってる」とつぶやいて、また部屋で眠り続けるのである。

わたしが頼まれたのは、このヒナツさんのことである。

彼女のような怠惰なひとを頼まれてもどうすることもできない。しかし若い男はこんなわたしに頭を下げる。

「どうぞ、よろしくお願いします」

＊

その男性は自分をヒナツさんの弟であると名乗った。初めて会った日、わたしはずいぶんと混乱しながら彼の話を聞いた。そもそも彼は現在病院で内科医をしており、今度アメリカに留学までするという立派な方であるらしい。けれどなぜ弟である彼が既に働いているのかがわからない。それを訊ねると彼は恥ずかしそうに、

「ヒナツは留年に留年を重ねまして」と言う。

「留年」とわたしが繰り返せば、

「不肖の姉です」と返ってきた。

話は続く。

「ヒナツは私の一つ上でして、上京して以来二人でマンション暮らしをしていました。ですがこの度私が渡米することになりまして、さすがにヒナツを連れて行くわけにもいかず東京に残していくことになったのです。しかし」と彼は一旦息をつく。「正直なところ不安で仕方がないのです。ヒナツは一人でやっていけるような生活力はとても持ち合わせていません。住むところにしても前のマンションに住み続ければいいものを突然『お金がもったいないか

らもっと安いところに住む』と言いだして、あんなアパートを借りる始末です」

あんなアパートというのは本棚荘のことだが、彼自身は本棚荘をあまり好んではいないらしかった。

「あ、すみません、失礼な言い方を」

「いいえお気になさらず」

たしかにスーツに身を包んだ彼が本棚荘の廊下に立っているのを見たときはひどく場違いな感があった。まるで異国に迷いこんだ、どこかの小役人のようだった。

彼は役人じみたようすで心配を続ける。

「ヒナツのこの先が心配なんです。大学の卒業のこともあるし、それより何か新聞沙汰になるようなことをしでかすんじゃないかと気が気でないのです。今でも夜になると、ふっと不安になるのですよ。サイレンが鳴るたびに、まさかヒナツが、と思います。私が心配しているのはそういう最悪の事態です」

「そんなひとには見えませんでしたが」

「あなたはまだ何もご存じありません。ヒナツが何をしでかすかは血のつながっている私ですら予想できません」

事実、彼はそのときもヒナツさんの行動を予測できていなかった。この日彼がわたしを呼びだしたのは駅前の喫茶店だったが、ヒナツさんはそこにスパイを送り込んでいたという。

隣の席でジュースをすすっていた少年はヒナツさんが買収した密偵だった。

「だからあたしは、弟があんたに依頼したことは知っているよ」後にヒナツさんは言った。しかし弟さんの行動を完璧に予想していたヒナツさんでも男子小学生の行動は予想できなかった。少年はジュースを存分に味わい、飲み干すやいなや席を立ったという。だから話の内容を聞き取るまではできなかった。

「あたしの敗因は」とヒナツさんは語った。「あの子にジュース一杯分しか金を握らせなかったことだ」

もっとも弟さんは結局、ヒナツさんについて多くを語らなかった。「身内の恥になりますから」と彼は口を濁し、ヒナツさんの素行を見守ってほしい旨だけを繰り返した。目下の最大の関心事はヒナツさんの卒業であり、何はなくとも卒業だけはしてほしいというのが弟としての願いであるらしい。彼はそこだけは何度も念を押してアメリカへと飛び立った。

しかしわたしに誰かの面倒を見ることができるとは思えない。どちらかというと姉に世話をしてもらっていたわたしである。監督役がつとまるとは到底思えない。ましてヒナツさんの行動は見れば見るほど理解に苦しんだ。夏の間、彼女は暑いのかよく廊下で眠っていた。おなかを丸だしにして顔に本を載せて眠っている。

「頭隠して、腹隠さず」と大家さんが述べた。

時間帯によって涼しい場所がちがうらしく廊下のあちこちで寝ていて邪魔くさかった。しかもある夜、いつもの場所に見あたらないと思っていたら門の前で寝ているから驚いた。

「ヒナッさん、ヒナッさん」

「ん」

「ここは外です。あなたは若い女性です。危険。危ない」

「なんで片言なの」

「だってびっくりしたから。何してるんです、こんなところで」

「ここで寝てたら王子様でも通らないかな、と思って」

「王子様」

「白馬に乗った王子様が迎えに来て口づけしてくれないかな」

「ヒナッさん、もしそのつもりなら、そのくたびれたパジャマを脱いで、お化粧をすることが必要です」

「じゃあ諦める」そう言って再び顔に本をかぶせるヒナッさん。

「起きてください、ここ、だめ。立つ。早く」

「なんで片言なの」

こんな調子の彼女であるから、わたしも何をどうすればいいかわからなかった。弟さんに頼まれているからあまりけったいなことはしないでくれ、と頼んだが、彼女はこう言う。

「よそのひとに迷惑はかけないからだいじょうぶ。たとえあたしが夜道でおかしなひとに襲われたとしても、あたしはあまり気にしない。だからあんたも気にしなくていい」と、妙な理屈でわたしを慰めてくる。

この理屈に納得できたかどうかはさておき、何か言い返すほどの機転は持ち合わせていない。そこでひとまずヒナツさんを学校に行かせることに専念することにした。

ところがそれが一番の難題だった。彼女はなかなか大学に行かなかった。九月を過ぎても「まだ夏休みだ」と言うのである。近所の小学生や中学生が登校し始めてもヒナツさんはあいかわらず眠り続けていた。本を取りあげて、いつから学校なのか、と訊けば、もうそろそろだ、と言う。しかしいつまで経ってもヒナツさんは寝ているだけだった。行かなくてよいのか、と問えば、まだ先生が授業を始めないのだ、と言う。なんでも大学の先生というのは自分から休みをとろうとするものらしい。

とある先生は堂々とこう宣言したという。

「僕は夏休みを長くとりたいので初めの二週間は授業をしません。ですから授業は九月の第三週からになります。事務には伝えずに休むので皆さん間違えて来ないように。では諸君、よい夏を」

そんなばかげたことがあるものかと思ったが、その話は本当だった。ヒナツさんはカセットテープでもってその声を聞かせてくれた。古めかしいカセットレコーダーから老教授の「では諸君、よい夏を」という声が聞こえてきた。しかし全ての先生がそんな調子であるはずがない。夏休みが終わった以上は、いくつかの授業が始まっているはずである。にもかかわらずヒナツさんは本棚荘を出なかった。九月の前半、彼女は眠り続けた。そしていよいよ第三週になって「ヒナツさん、いくらなんでももう行かなきゃまずいでしょう」と言うと、今さら行ってももう遅いよ、と悪びれずに言った。

「大体、今さら頑張ったところで今年卒業できるはずもない。単位が全然足りない」

「単位をとるというのはたいへんなんですか」

「それは授業による。今年はインド古典の授業は単位がとれると思う」

インド古典という授業ではパーリ語というインドの古い言葉で文献を読んでいるという。そんなに難しい授業が受かるならばほかの授業も合格できるのではないか、と思ったが、どうもちがうらしい。

「インド古典の先生は例のテープのひとだよ。勝手に二週間休みをとる先生。あの先生は実に最低の先生なんだ」

「何が最低なんですか」

「もうおじいちゃんなのだけど、旧制大学の出身らしくて今時の大学は嫌いらしい。めちゃくちゃに頭のいい先生で、あの授業では一応パーリ語を教えているけれど英語でもフランス語でもイタリア語でも、ヨーロッパ言語ならたいていできるらしい」

「すごいですね」

「うん。そんなにすごいひとだから、あたしたちのようなボンクラは相手にしていない。そもそもテストを受けさせる気がない。これは先生が自分で言った台詞なんだけど聞いてほしい」

そう言ってまたカセットテープを準備するヒナツさん。スパイのようなひとである。

「今の大学生というのは」と老教授の声が聞こえてくる。「昔とちがって学問をする頭を持っていない。僕たちの時代とはちがう。昔だったらとても大学になんか行かなかったような子たちが、ばかすかと入ってくる。これだけ頭数が増えれば、頭の質が下がるのもしょうがないね。僕はもう、すっかりあきらめているんです。だから君たち、この授業に関してはとりあえず出席だけはしてノートをとりなさい。試験はノートを持ち込んでかまわないから、それをそのまんま写しなさい。それで全員合格させます」

ガチャン、と停止ボタンを押し、ヒナツさんは、いい先生だ、と眠そうにうなずく。

「こんなことって、あるんですか」

「ある。でもね、それでもばかな生徒というのはいるものでテストの日に肝心のノートを忘れたのがいた」

「とんでもないひとですね」

「うん、ひどい話だ。それなのにこの先生はお釈迦様のようなひとで」と彼女はまたテープのスイッチを押す。老教授の声が再び流れてくる。「まいったね。じゃあ諸君、僕はこれから十分遅刻してきます。その十分の間にノートをコピーして来なさい。いいですか、きっかり十分遅刻しますからね」ガチャン、と停止する。「と、まあ先生はこのような具合で優雅に教室をお出になられた。むろん十分後のテストで全員が合格したのは言うまでもない」

「すごい先生ですね」

「教師としては最低かもしれないけれど、一部の生徒にとっては神様のようなひとだ。そして今年の前期、あたしが単位をとれそうな授業はこのインド古典しかない」

「そうなんですか」

「ちなみにさっき言ったノートを忘れてきた生徒の話だけど」

「はい」

「そいつはテープレコーダーなんかを持っていったくせに、ノートと鉛筆は忘れたらしいよ」

「あなたのことですね」

「だからね」と彼女は猫背をさらに丸めて言う。「自分は大学を辞めるべきなんだよ」

こんなヒナツさんの特技と言えば猫の物真似がうまいことだった。元々猫背なのだが、ときどき猫と同じ恰好をしてみせる。遠くから見るとシルエットが同じになる。ときどき涼しい場所を猫と取り合いをしている。猫がフーッと毛を逆立てると、ヒナツさんもフーッと毛髪を逆立てた。わたしも驚いたが猫も驚いて逃げだした。ヒナツさんにはあれはこわいから二度とやらないでほしい、と頼みこんだ。さいわい承諾してくれたので、あれ以降は目にしていない。

猫に似ているものだから、これは猫遣い氏に相談してはどうだろうか、と話を持ちかけてみたが彼は首をふった。

「おれは学がないから大学のことなんてわからない」

「でも年長者として一言ぴしゃりと言ってはどうでしょうか」

「あの女は気味が悪い。あまりかかわりたくない」

たしかにヒナツさんは愛想のない女性だった。わたしも愛想のあるほうではないが、ヒナツさんほどではない。ヒナツさんは廊下で誰かにすれちがうと会釈をするどころか顔をそむけた。本人は「寝起きでひどい顔だから」と言うが、あからさまに壁を向いているので「壁の華」というさらなるあだ名をつけられたりもした。

おまけに彼女はときどき不気味な体操をする。寝過ぎるので全身が凝るのだろう。廊下に出てくるなり肩をまわす。そのたびにゴキ、ゴキとすごい音が出る。首をまわせばバキバキバキと鳴り響き、腰を回転させればボッキンとそれこそ腰骨が折れたような音がする。あまりの音に住人が不気味がって見に来るのだが、誰かが顔を出すとヒナツさんは目をあわせまいとして、また壁を見つめる。だから見ているひとは、いよいよ腰がねじれて戻らなくなったのか、とおそろしくなる。しかし当のヒナツさんは早く顔をひっこめろとばかりに、さらに腰をねじる。ボッキン。どうやら彼女は肩凝りがひどいらしく、わたしに話しかけてきたのもそれが狙いらしい。聞いたときは困惑したが、ヒナツさんはわたしのことをマッサージ師だと思っていた。それは弟さんも同じことである。

弟さんもアメリカに行く前、こんなことを言っていた。

「マッサージ師をやってらっしゃるそうですね」

「え？」

「ヒナツがそう申していました」

弟さんの話によればこうである。そもそもヒナツさんはわたしの部屋にときどき客が出入りするのを見て怪しんでいた。もちろんそれはとげ抜きの客だったのだが、看板など一切出していないのでわかるはずもなく、ヒナツさんは自分で客に探りを入れ、一体あの部屋で何をしているのかを聞きだしたという。そのときの客が「マッサージをしてもらっている」と答えたので、ヒナツさんはそれを信じこんだ。滅多にひとを信用しないヒナツさんだが、自分にとって都合のよい答えは信じるらしい。弟さんにも、わたしのことをマッサージ師だと告げていたそうである。わたしはそれを否定したが、では何をなされているので？　と訊かれると答えに窮した。ひとまずは何の工夫もなく、とげ抜きをしています、と言った。

「とげ抜き?」弟さんは不思議そうな顔をした。

「はあ」

「お仕事ですか、それは」

「いえ、仕事というわけでもないのですが」

「仕事では、ない」

「はあ」

「ではご趣味ですか」

「趣味では、ない気がします」

弟さんも困っていたが、わたしも困った。たしかに姉はとげ抜き一本で食べていたようだが、わたしはただの留守番にすぎない。とげ抜きを仕事にしようと思ったことはない。では自分にとってとげ抜きとは何かと問われるとわからなくなる。お医者様の彼からすれば、とげ抜きなどたしかに趣味の範疇かもしれない。

結局のところ「マッサージ師」という答えが最もよそのひとを納得させるものだった。ほんとうのことを言ってもかえって嘘くさくなる。それなら本当くさい嘘のほうがましだと思った。

しかしヒナツさんに会った頃はまだ自分のことをとげ抜き師だと言うようにしていた。

《マッサージ師》というカタカナ名前の職業が肌に合わなかった。山にいた頃、そんな名の職に就いている人間はいなかった。

わたしは頑なに彼女のからだを揉むことを拒否し、彼女は彼女で大学に行くことを拒んだ。わたしたちは毎日のように廊下で押し問答をした。

「マッサージしてくれたら、大学に行ってやろう」

「そういうご褒美のような真似はよくありません。うちの姉も言っていました。『テストで百点をとったらおこづかいをやる』みたいな方法ではろくな大人にならないそうです」

「百歩譲ってその考えが正しいとしても、それは子どもが拝金主義者に成り下がることを危惧してのことである。そもそもあたしが求めているのは金銭ではない。ただマッサージと快適なる睡眠のみである。かくも穏やかな睡眠主義者に何か問題があるだろうか、いや、ない」

「大ありです。もしも悪どい都会の商人が『そんなあなたに朗報です、このノルウェーで開発された羽毛布団を使えば一夜にして肩凝りがとれてしまいますよ、今なら月々たったのこれだけ』などと甘い文句で寄ってきたらあなたはころりと騙されてローン地獄に陥るにちがいありません」

「それも一興。ならばその借金まみれの苦境から救いだしてくれる白馬の王子を待ちうけようではないか」

「そもそもヒナツさんのようなだらしのないひとを好きになる殿方がこの街にいるでしょうか、いえ、いません」

「今の言葉にショックを受けたので本日は学校に行けません。さようなら」

バタン、と扉を閉めて彼女は部屋に立てこもる。

わたしにしては考えられないほどに口がまわったが、それでも彼女にはかなわなかった。

しかし彼女が口をまわす相手はわたしだけであるらしかった。猫遣い氏と親しくないのはわかっていたが大家さんともほとんど言葉を交わしていないようすだった。この本棚荘で家賃を払わないくらいは珍しいことではないのだが、彼女は最初の契約時の時点でお金を払っておらず「あとで払います」の一点張りでここまで通してきたらしい。さすがの大家さんもこれは困ると思ったか「あなたね、あんまり払うのが遅いと座敷牢に閉じ込めますよ」と口にした。すると彼女は目を猫のように光らせて「入りたい。家賃が安いなら、いっそそこに住まわせてほしい」と言ったという。そこで彼女が移された部屋がわたしの隣にある部屋である。それまで掃除道具が置かれていた部屋でわたしは常々「道具置き場にしては広いところだ」と思っていたが、そこがヒナツさん置き場になってしまった。こんな狭いところではとても暮らせないだろうと思ったがヒナツさんは「いっそすがすがしい」と言い残し、その部屋というよりは隙間にすべりこんだ。しばらくしてから「Oh, just fit…」と洋風のつぶやきが聞こえた。

ちなみに元からあった掃除用具はと言えば、そちらは元のヒナツさんの部屋に移されたのだから大家さんも何を考えているのかわからない。

しかしいくらヒナツさんが満足しているからと言って、現状では弟さんに対して申し訳が立たないと思った。彼が帰ってきて、今まで箒が入っていたような隙間に姉が住んでいるのを見たら悲しむと思う。わたしだって、姉がこんな部屋に住んでいたら切ない。胸が痛くなる。わたしはヒナツさんに言うことにした。外に出ましょう、明日あたり天気が良ければ大学のほうまで散歩にでも行きましょう、授業に出ろなんて言いませんから。

ヒナツさんはドアの向こうから、散歩くらいならかまわない、と返事をした。

ようやくヒナツさんがわたしの誘いに応じてくれたのでこちらも張り切った。聞けば大学のキャンパスはきれいなところであるらしいからお弁当をつくろうかと思った。料理の得意なわたしではないがおにぎりと卵焼き程度ならできる。いつものスーパーでお総菜ではなく卵や梅干しを買った。おにぎりの型にも心をひかれたが、案外値がはるので買うのはよした。節約は大事である。夜中に電気釜のスイッチを入れると胸がわくわくとした。昔姉とお弁当をつくったことを思い出したりもした。

そんな思い出を胸に抱いて翌朝ヒナツさんのドアをノックするも返事がなかった。まだ眠っているのか、と思いつつ、ヒナツさんヒナツさん、と強くノックをしていると、はぁいぃ、と妖怪じみた声が返ってきた。

「ヒナツさん、朝ですよ。お散歩に行きましょう」

「服がないから行けない」

「何をばかなことを言っているんです」

「昨日、外に出るならきれいになっておこうと思って洗濯機をつかった」

「いい心がけじゃないですか」

「でも洗濯機をまわしたのが夜中だったからまだ乾いていない。びちょびちょです。服って案外乾かないね」

「何をばかなことを言っているんです」とわたしは同じ台詞を繰り返した。ドアをこじ開けようとすると、薄暗い部屋からヒナツさんの顔が浮かび上がってきた。目が死んでいる。

「全裸で出てもいいですか」

「だめです」

「でもほんとうに服がない」

「何かあるでしょう。ちょっとここを開けなさい」

「すっぽんぽんでもいいですか」

「だからだめですって」

　ヒナツさんはほんとうに服を全部洗ってしまっていた。最初から外に出る気がなかったにちがいない。こんな狭い部屋で洗濯物が乾くはずがない。

「今日はやめようよ。あんただってぐちょぐちょの女が隣を歩いていたらいやだろう」

どうすることもできない、と思ったが、どうにかしたい、とも思った。

＊

ガタンゴトン、ガタンゴトン、と電車に揺られつつ、わたしはヒナツさんと隣り合って座っていた。あたりにはずいぶん気をつかう。

「服、一着残っててよかったね」とヒナツさん。

「そうですね」と、目立たないようにするわたし。

「普段、スカートなんて穿《は》かないから、すーすーする」

「それはスカートではありませんよ」

「でも似てる」

ヒナツさんは結局、秋物のコートを羽織ることとなった。下には何一つ身に付けていない。スーパーで下着を買おう、というわたしの提案は無視された。わたしの服を貸そう、という案までも却下された。ヒナツさんは「誰の手も借りたくない」と口にした。そして下には何も身につけず、コートを羽織った。

「小学校の頃ね」とヒナツさんは言う。「学校の近所に『な？　おじさん』っていうひとがいてね」

「なんですかそれ」

「コートの下はすっぱだかで、それで小学生に見せつけて『な?』って言うらしいんだけど、何が『な?』なのかがよくわからなかった。男子に聞いてもにやにやして答えないし、女子に聞くともっとにやにやして『やだー』しか言わない。弟に聞くと『そんなこと考えたらだめだよ、ヒナッ!』と怒られた。あんたは何が『な?』かわかる?」

「わかりません」

「そう」

ガタンゴトン、と電車は揺れる。駅に向かってからもヒナツさんは散々わたしを騙くらかした。大学とは逆方向の電車に乗ったり、子ども用の切符を買ったりした。お昼までに大学に着けるのか心配だった。

「弟はさ」とヒナツさんは言う。「あんたの前でわたしのこと、ヒナッって呼んでた?」

「言ってましたよ、ヒナッって」わたしはそれを覚えていた。

「そう」とヒナツさんはうなずく。

「それがどうしたんですか」と訊いたところで放送が流れた。ここで降りる予定だった。

——降り口は右手になります。お忘れ物に、ご注意ください——

彼女は立ち上がり左のドアに立った。

「ヒナツさん、右ですよ」

「知ってるよ」

その日はいつもより涼しかった。だからヒナツさんのコート姿もそこまで不自然ではなかった。おしゃれの先端を行くひとが秋物の恰好をしていたものだから「あたしのほうが進んでる」とヒナツさんはつぶやいた。ちょっとでも気を抜くとヒナツさんは逆方向に向かおうとするので手をつないで歩いた。

「こうして引っぱられていると、なんだか囚人の気分になってきた」

「今日はただのお散歩ですよ」

「そういう嘘をつかれて、脳病院に連れていかれている気がする」

「そんなことありません」

「現にあたしは今、全裸にコートなんていう錯乱状態の中にいる。言い訳はできない」

「そういうこと、あまり大きな声で言わないでください、ばれますよ」

「ばれたら捕まるかな」

「捕まらないようにしてください」

「もし捕まりそうになったら『これは芸術です』って言いはろうと思う」

「通用しますかね」

「うん、芸術か宗教の名を出せばたいていは許されるって習った。ちゃんと恍惚とした顔で叫ぶ。『芸術なのよ!』って」

「そういう事態にならないように目立たないでいてくださいね」

「でも正直なことを言っていいかな」

「なんですか」

「やっぱりパンツくらい穿いてくればよかった。お腹冷える」

「もっと早く言ってください。どこかで買いましょうよ」

「いい。負けたくない。それに」とヒナツさんは言う。「こんな恰好なら堂々と大学に行ける気がする。どう考えてもこれは高等教育機関に向かう人間の姿じゃない。あたしみたいな女がふざけた装いで門をくぐろうとしている。あたしは今、大学を冒涜している。頑張る。頑張れる気がする。さあ行こう」

　ヒナツさんは軽やかに歩みを進め、今度はわたしが引きずられる。

「あんたは昔の弟に似ているよ」

「え?」

「弟のときも引っぱったり引っぱられたりした」

「仲良しなんですよね」

「昔はね。今は、あいつは大きくなりすぎた。それに今度結婚するし」

「そうなんですか」

「うん、医者っていうのは案外、結婚が早いらしい」

＊

大学という場所は新鮮だった。

まず玄関がないことに戸惑った。建物を前にしたとき、しまった上履きを忘れた、と思ったが大学は外靴で入っていいらしい。二年六組、というようなクラスもここにはない。皆がふらふらしている。中には、いかにも大学教授、というひとも歩いていた。ああいう教授はどんなことをしゃべるのかと思って耳をそばだてると、教授は重々しい声できれいな顔をした女子大生に「君がもし望むのであれば、特別扱いをしてあげてもかまわないがね」と言っていた。

わたしは何度も振り返って、特別扱いとはどういうことか、あれが東京のセクハラというものか、とヒナツさんに訊いてみたが、ヒナツさんもしかつめらしい顔をして、あそこまで露骨な台詞は聞いたことがない、あれが大学の日常だと思われては困る、と口にした。少し歩いてから、せっかくだからテープに録音してこよう、と二人で決めたが、戻ってみるともうあの大学教授の姿はなかった。

勿体ないことをした、とヒナツさんは悔やみつつ、まだきょろきょろとしていた。

次は学食に連れて行ってやろう、という言葉に応じてたどりついた場所は、これまたわたしの想像とはかけ離れた空間だった。山の学校にも《学食》と呼ばれる場所はあったにはあったが刑務所の食堂のような雰囲気だった。

ところが大学の学食はさんさんと日光がきらめき、まるでホテルのようである。「東京の学食はすごいですね」とわたしが言うと、ヒナツさんは「しばらく満喫していたまえ。あたしは掲示板で授業日程を見てくる」と一人にされた。学食ではお弁当の持ち込みも許可されているらしいので、わたしはお弁当をとりだしてヒナツさんの帰りを待った。メニューもたくさんあるし五百円以内のものばかりだから、ヒナツさんが大学に通いだしたら、たまに食べに来ようと心に決めた。

「おいしそうなおにぎりですね」

「はい」

知らないひとに声をかけられて、思わず「はい」と返事をしたら、いきなり若者に囲まれていた。

「何はいってるの、このおむすび」

「梅と、梅と、塩」

「塩って」髪を色とりどりに染めた男子たちに笑われた。誰も彼も背が高い。学生じゃないことを怒られるのかとびくびくしていたが、ねぇねぇ今日の夜って時間ありますか、と訊いてくる。これが東京のナンパだろうか、おそろしい、と思っていたら、なにやらビラを差しだされて、今日の夜イベントがあるんだけど、と言われる。と同時に別の男子に、おにぎり一個もらっていい？　と言われて、だめです、と答えたら、大笑いされた。どうして笑うのかわからなかった。山育ちだからばかにされているのかもしれない。

困惑していると背後から、

「もし可能であるならば、君のサポートをしてあげたいと考えている」

と、先ほどの大学教授の声がしてきて、どうやら先ほどの胡散臭い話が続いているらしい。今度こそ聞き逃すわけにはいかない、と思うのだが、目の前にいる男子たちが、それで今夜のイベントは前売りチケットがすごいお得で、と話しかけてきてどうすることもできない。あたふたしているところに、

「さっきの女、服着てた？」

という声まで耳にはいり、ヒナツさんが危ない、と思って立ち上がるも背中からは、

「ひとが多いし、僕の研究室に移りましょうか」と教授が話を展開させてしまい、いよいよ頭がチカチカしだしたときに、目の前のおにぎりに、ぬっと手が伸びたかと思いきやそれがヒナツさんであった。

「ヒナツさん」

「ただいま」

　例の男子たちはヒナツさんに向かっても「あれ、友だちのひと？　今夜イベントがあるんだけど」と語りかけるもヒナツさんは「服がないから行けません」と突っぱね「じゃあ、なんにも着なくていいじゃん！」と男子がまたばか笑いをすれば、ヒナツさんは「下品なことを言わないでください、汚らわしい」と自分勝手な台詞を言ってテーブルを移った。

「ヒナツさん」わたしはようやく息をつく。「大学というところはたいへんなところですね。わたしはもう頭がいっぱいです」

「まだまだこんなものじゃないよ。ところで悪いけど、この紙、鞄に入れさせて」

「いいですよ、何ですか」

「退学届」

「え」

＊

「辞めちゃったんですか」

「まだ辞めていない。これから理由を書いてあとは指導教官の判をもらえばいいらしい」

「辞めてどうするんですか」

「あんたの下でマッサージ師の修行でもしようと思う」

「わたしはマッサージ師なんかじゃありませんよ」

「じゃあ何なの」

「とげ抜き師です」

「何それ、ばかみたい」

ひどい言われようである。

「あたしは元々大学になんか来るべきじゃなかったんだよ」とヒナツさんは言う。「あたしは弟のために受験したようなものだから」

「なんですか、それ」

「弟はあたしの真似ばかりしてたからね。あれは昔から頭がよかったくせに中学はあたしと同じ公立に入ると言ってきかなかった。東京の私立を受験する話もあったのだけれど、本人が『ヒナツといっしょがいい』とだだをこねた。結局あたしと同じ地元の学校に行った。このままだと高校まであたしの後を追いかねないから中三のときにすごく勉強した。それで県では一番頭のいい高校に受かった。もちろん弟も続いてそこに進学した。じゃあ大学も、弟のために医学部に受かってみようかと思った。だけどそこまで頭がよくなくて浪人した。それでも弟には『ヒナツは東大に受かったよ』と嘘をついて東京の予備校に行った。弟は『ヒナツはやっぱりすごいね。じゃあ僕も東大の理Ⅲにはいるよ』と言って、ほんとうにそこに受かってしまった。あれはあたしとは頭の出来がちがう」

「弟さんはヒナツさんの真似でお医者さんになったっていうんですか」

「うん、そうだよ」

ヒナツさんはそう言って、わたしのおにぎりをとった。もぐりとひとくち食べて、この梅、すごい酸っぱい、と顔をしかめた。

「でも、ちがうかな」と彼女は続ける。「あいつも高校生だったんだから、わたしが東大に受からないことくらい気づいていたと思う。今もわたしは留年しているけれど、あいつはそんなこととなく順当に卒業して、ちゃんと医者になっている。だから真似してはいない」彼女はおにぎりを、にちにちと噛む。「けどちっちゃい頃は、ほんとうにあたしの後ばっかりついてきた。学校の帰りとかあたしが砂利道を歩いていたら、あれも『砂利道楽しい』と言って、ざくざく歩いてきた。うちの田舎は道がちゃんと舗装されていなくて、その頃はすごく砂利道が多かった。二人で手をつないで砂利道を歩いてたから、同級生の男子にばかにされてすごく恥ずかしかった」

ヒナツさんは梅を飲みこんで、酸っぱそうに口をとがらせた。そして「あんたには姉弟がいる？」と訊いてきた。

「姉がいます」

「ああ。お姉さんと砂利道歩いたりした？」

「砂利道は歩いていませんけど、いっしょにとげを抜きました」

「そう。姉さんとは今でも仲がよいの」

「連絡はとってないけど、たぶん仲はいいです」

「姉さんは、あんたみたいにきれい？」

「姉さんは、美人です。わたしは美人じゃないけど、姉さんの顔はきれいです」

「そう。姉妹なのに美人って言えることは、相当に美人なんだろう。うちの弟もちっちゃい頃はかわいかった。今はうすら禿げだけど、昔はかわいらしかった。あんなチョビハゲだったら結婚相手もないだろうと思っていたのに、それが結婚するっていうから驚いた」

「相手はどんな方なんですか」

「ふつうのかわいいひとだった。大学の同級生らしい。何回か会ったことがあるけれど、ほんとうにきちんとしたひとだった。あたしとは全然ちがう。あたしが『まだ学生をしています』と言ったらにっこり微笑んで『おもしろいひとですね』と言った。ちゃぶ台をひっくり返しそうになったけれど、そんな力は湧いてこなかった。あれはちゃんとした女だ。どこに出しても恥ずかしくない。たとえばあんたなんかは出すとこに出したら恥ずかしいと思う。立派なパーティにでも出したら、あんたはおどおどして場違いになる」

たしかにそう思う。

「でも弟の奥さんになるひとは、どこに出しても恥ずかしくない女だ」

「ええ」

「そしてあたしは、どこに出しても恥ずかしい女だ」

「はい」

「はいって言うな」

彼女は退学届を指ではじいて、自分にはこういう紙っきれがよく似合う、と言った。

＊

弟さんから聞いた話とヒナツさんから聞く話にはいくらか違っている点があった。弟さんは、ヒナツさんは昔から危なっかしいところがあって家族全員が気にかけていたと言っていた。途中から家族はあきらめて弟である彼だけが気にしていたという。彼の家はみんなが医者や弁護士になっているらしく「先生」と呼ばれる仕事に就いているらしかった。ヒナツさんの通っている大学も頭のよい大学ではあるらしいが、彼らの家からするとやや落ちて見えるのかもしれない。

しかし弟さんの話しぶりにはとげがなかった。彼は純粋に不肖の姉を心配しているらしかった。嘲りもなければ恥じているようすもない。ただ姉を想う気持ちだけがあった。弟であるはずの彼がお兄さんのようにも見えた。

一方のヒナツさんの話にはとげがあった。

彼女は弟のことをしゃべるとき声が硬くなった。とりわけ結婚の話題が出たときに喉が変わった。声がいつもと違う場所から出てくるようだった。古いテープレコーダーから流れてくるような別人の声だった。

本棚荘にいるときの彼女と大学での彼女はずいぶんようすがちがった。きれいな学食にいると彼女はなんだかみすぼらしく見えた。半袖を着た若い子が通るとヒナツさんのコートは季節外れだった。

＊

先生の判をもらってくる、とヒナツさんはわたしが止めるのもきかずに研究棟に向かった。その高い建物には先生方の研究室とやらがあるらしく、ひんやりとしていた。窓の少ない建物だった。ときどきすれちがうひとも年のわからないひとばかりだった。

「院生だよ。先生かもしれないけれど」

大学も奥に進むと先生と生徒の区別もつかなくなる。彼女はふらふらと研究棟を歩きまわった。どの部屋だかわからないらしい。ここは廊下にもびっしり棚があって本棚荘のようだった。ただし本棚荘とちがってここにはちゃんと本がはいっている。こんなにたくさんの本を誰が読むのだろうと思った。

「何ていう先生の部屋を探しているんですか」

「ん、担任の先生なんだけどね」

「名前は？」

「たしかワタライ」

「漢字は？」

「わかんない。名前もワタライじゃないかも」

「何ですかそれ」

　わたしたちは手分けをして探すことにした。廊下には地図があるのだが、何号室が誰の部屋か書いていないので役には立たなかった。一度ひとに訊いてみたのだが、ワタシシリマセン、と片言で返された。外国のひとだったらしい。しばらくうろうろしても見つからず一旦ヒナツさんと落ち合おうとしたのだが、待ち合わせ場所も何も決めていない。さっきの地図の前に椅子があったのでそこに腰を落ちつける。

　静かである。かつん、かつん、という足音もはっきりと聞こえる。学食の騒がしさとは正反対だった。

「ちょっと失礼」

と、年をとった先生がわたしの横に座った。このひとは先生で間違いないと思った。大学教授かもしれない。彼は窓を開けてから煙草を取り出し、

「吸ってもかまわないかい?」

と訊いてきた。はい、と答えると、彼は「どこもかしこも禁煙で参っちゃうよ」と笑いながら火をつける。「ここにも灰皿が置いてあったんだけどね、学部長に片付けられちゃった」

「はあ」

とげがあるな、と思った。左の目の上にとげが刺さっている。あまり良くない位置にあるとげだと思った。細いとげであるが、案外と深い。

「僕もそろそろ大学を出ていく時期かもしれないね」

「え?」

「煙草も吸えないし、ろくな連中もまわりにいないし、いいかげん潮時かもしれないよ。まあ今だって週に二回しか来ていないんだけど」

「週に二回」

「そう。毎日来るのがいやだからね、授業は週に二回にしてくれって言ってあるんだ。そうしたらほかの連中が怒ってね。今も怒られたよ。『そんなに好き勝手したいなら、お辞めになればいいでしょう』って顔を真っ赤にして怒るんだ。蛸みたいに膨れあがるもんだから僕

も言ってやったよ。じゃあクビにしてくれって。ところがなかなか辞めさせてもらえない。参っちゃうよ」

「わたしの知人も、今大学を辞めたいって言っているんです」彼のとげを見ながら、わたしは言う。

「生徒さん？　先生？」

「生徒です」

「何を勉強してるひとなの」

「わかりません」

「何年生？」

「何回も留年しているそうです」

はっはあ、と、彼は笑った。首をふりながら煙草を吸う。

「大学を辞めたいっていうのはある意味見込みがありそうだけどね、留年しているようじゃだめかもしれない。そのひと、別に何かやっているわけじゃないんでしょう？」

「何か、と言いますと」

「前教えていた生徒で一人いたんだけど、彼は大学の外で音楽をやっているっていうんだ。僕にはただのやかましい音楽にしか聞こえなかったが、それでも若い連中には人気があるっていうんだ。ならいいじゃないか、辞めちゃいなさい、って言ってやったよ」

「でもわたしの知人は音楽はやってないと思います」

「そうだろうね」と彼は、くっくっ、と笑う。「想像がつくよ。そういうだめな子はたくさんいる。なんにも持っていないんだ。そのくせ阿呆みたいに悩んでる。空っぽの頭で考えてもなんにも浮かばないのにね。その子に言っておきなさい。困ったら僕の授業においで、そうしたら単位をあげるよって。だってこのまま卒業できないんじゃ親御さんがかわいそうだ」

「親御さんにも最近は相手にされてないようです」

「ああ、そう」と彼は煙を吐く。「じゃあ真性の役立たずというわけだ」

「はい」

「それなら」と彼は目を閉じる。「大学に残るのも一つの手かもわからないね」

「どうしてですか」

「学問があるからさ」

「学問」

「役に立たないものだからね、学問っていうのは」彼は胸から小型の灰皿を取りだした。「そんなものをやれるのは真性の役立たずだけなのさ」

彼は目を開け、煙草の火を消した。話の終わりの合図だった。

「では失敬」

「先生、ちょっといいですか」

とげを抜こうとした。相手をしてもらった御礼にできることと言えば、とげ抜きくらいしかない。

「目のところにゴミが」

わたしが右手を伸ばすと、先生はすうっとカラダを引いた。ありがとう、でも結構だよ、と彼は言う。このとげはこのままあったほうがいいんだ、僕にとってはね。

そう言ってとげのある学者は背筋を伸ばし、研究棟の奥へと去っていった。

＊

ヒナツさんと再会したのは夜の本棚荘だった。彼女はあのあと担任の先生が見つからず、かわりにインド古典の先生に出くわしたらしい。向こうは彼女をちらりと見るなり「君、いいコートを着ているね」と言うので「お貸ししましょうか」と大胆なことを言うと「それはいらないいから授業に出なさい。ほかに誰も来ていない」と言われ授業に出席してきたらしい。

「とんだ目にあった」

アパートに帰って乾いた服に着替えた彼女は、口をとがらせてわたしの部屋に来た。なんでも退学届は書かないことになりそうで、場合によっては転部届を出すかもしれないという。

「インド古典の先生が、どうせ辞めるなら自分の下で卒業論文を書けと言ってきた。先生の下で卒論を書いたひとはこの十年誰もいなく、一度くらいは教えてみたいらしい」

「いいんじゃないんですか」

「もしかしたらインド古典派のセクハラをされるかもしれないよ」

「それもまたいいんじゃないんですか」

さてそういうわけでヒナツさんは大学を辞めるのは思いとどまってくれたのだが、それがいいことかどうかはわからない。これからは毎日大学に行くのだろうかと思いきや、そうでもない。なんでもインド古典の先生は週に二回しか学校に来ないらしく、それ以外の日は学校に行かなくてよいという。そのくせ彼は「僕の下でやるならば、しっかり勉強してもらいます」とおそろしい量の課題を出してきたのでとても一年で卒業できるものではないという。ここはじっくりとあと三年くらい大学にいそうだ、とヒナツさんは語る。

弟さんの願いはとにかく大学を卒業してほしい、とのことだったので、果たしてこれでいいのかは大いに不安が残る。とは言っても当のヒナツさんにそれを気にしているようすはない。弟さんに連絡しているようすも見られない。向こうからも特に連絡はないようだった。

「便りのないのは、よい便り」

聞いてみれば、今まで離れて暮らしたことがほとんどなかったという。もし弟さんの留学がなければ、今でもいっしょにいたのかもしれない。

ヒナツさんの顔を見ていると、弟さんの顔をどんどん忘れていく。彼の顔はほとんど覚えていない。あまり似ていない。子どものころは似ていたのかもしれない。けれど今の二人はまったく別の顔だった。わたしはときどき顔のない弟さんが「ヒナツをお願いします」と言った言葉を思い出す。そのとき浮かんでくるのは、うっすら禿げた寂しい頭だけである。

今のヒナツさんの部屋からはときどき煙草の香りがする。

「ヒナツさん、煙草吸っているんですか」

「吸わないんだけど、あの先生が吸うんだよ。煙草臭くて、参っちゃうよ」

ちっとも参っていない口調で、彼女は語る。

▽ある老人と、ある女の会話

「いやはや参っちゃったよ、君。今そこの駅員に聞いてきたんだけどね」

「なんです」

「山のほうで大雪らしくてダイヤがでたらめになっているんだってさ。上りの電車は今日はもう来ないかもしれないらしい」

「でもわたし、東京に行く予定なんですが」

「僕だってそうだ。今晩は知り合いの娘さんとディナーの予定だったんだ」老人は肩をすくめる。「しかもこれじゃ明日の大学も行けそうにない」

「大学?」

「教えているんだよ。たまにね」

302号室　サラリーマンと植木鉢の部屋

本棚荘にはときどき本が捨てられることがある。

おもてに自動販売機のように本棚が並んでいるものだから近所のひとが夜中に本を捨てに来る。一冊ぽいと投げ捨てる者もいれば、段ボール箱につめて、どすん、と置き去る者もいる。

たいてい大家さんに見つかる前にヒナツさんが枕代わりにする。臭いが気に入らなければ古本屋に売りに行く。たいしたお金にはならないそうだが、まれに数百円で買い取ってもらえることもある。そういうときはその足で肉まんを買って帰る。

「悪銭身につかず」

けれど東京はおそろしい街で、昨今では生まれたばかりの赤ん坊を捨てる事件が起きているという。それを知ったときは驚いた。わたしは大家さんの部屋まで行き「ひどい話ですね」と語らいつつお茶を頂いた。大家さんは世の中の物騒な事件にくわしい。

さてその東京も年の瀬が近づき世間はクリスマスの準備を始めた頃、本棚荘の前に一人のサラリーマンが捨てられていた。窓を開けてみれば冷気の中にサラリーマンが植木鉢を抱えて立っている。

おはようございます、と声をかけると、サラリーマン氏は消え入るような声で、お世話になっております、とつぶやいた。

顔色もよくないし、そんなに大きな植木鉢を抱えてどうしたのか、と問えば、待機を言い渡されておりまして、と彼は言う。

一体誰を待っているのか、と訊いても、当社の方針でございますから、としか返ってこない。

わたしは東京のやり方には疎いが、あなたのようなきちんとした身なりをした若いひとが植木鉢を持って立たされているというのは道理に合わないことだと思う、もう電車も始発が出ている頃だろうし一旦お帰りになってはどうか、と言うも、サラリーマン氏は眼鏡をくいっと上げて、当社の方針でございますから、と繰り返した。見るとカラダのあちこちからとげが出ており、これまでも散々な目にあってきたようすだった。

住人たちが起きてくるにつれ、この捨てられたサラリーマンが話題となった。

「前の会社に捨てられたんだろう」

「野良かもしれないよ」

「でもいい眼鏡をしているね」

最初は遠巻きに見ていただけだが、害がないとわかると近づきはじめ握手を求めたりもした。ヒナツさんに至っては使い捨てカメラを買ってきて「はい、チーズ」と写真を撮りはじめた。それは失礼ではないか、と思ったが「あんたも入りな」という声に押され、わたしもついついサラリーマン氏とツーショットで写真撮影をした。ピースをすると、田舎者だねえ、と笑われた。やがて猫遣い氏も「おれも写りたい」と言いだし、そうなると「大家さんも呼んでこようか」という流れになり、では全員で記念撮影でも、ということになったのだが、今度は撮るひとがいなくなったので「ちょっとサラリーマンさん、悪いけどシャッター押してくれる?」と本棚荘前にて記念撮影が行われた。

「それでは皆様、笑顔のほどをよろしくお願い致します、はい、チーズ」

パシャリ。

この一枚がわたしが東京で撮った初めての写真であった。

＊

さてそれだけ騒いだあと、皆それぞれ自室に戻っていったのだが、やはり何かしらサラリーマン氏のことを気にかけていたようではある。水をコップに一杯差しだしたり、食パンの耳を与えるなど、各自が食べものを提供していた。サラリーマン氏は水をしずしずと口に運び、パンの耳をするすると吸いこんだ。

夕方になると空模様が怪しくなり、サラリーマン氏も寒さに震えだした。そこへ大家さんが、

「一晩くらい、休んでいったらいかが」

と声をかけ、サラリーマン氏は疲労困憊の体《てい》で、お世話になります、と頭を下げたのだった。

こうしてサラリーマン氏は本棚荘で一夜を過ごすことになったわけだが、わたしはあまり歓迎していなかった。山育ちのため野生の生きものを家の中に入れることには抵抗があった。大家さんは「一晩だけだから」と言うが、その一晩で済むとは思えなかった。

事実、サラリーマン氏は廊下で休養をとった翌朝、名刺を持ってわたしの部屋にやってきた。

コンコン

扉を開けると背広姿の彼がそこにいる。

「本日より当ビルの三階にてお世話になることとなりました。私、こういう者でございます」

差しだされた名刺は文字がにじんでいて読めなかった。長いこと雨風にさらされたらしく一文字もわからない。

「まだ通信設備が整っておりませんので、ご用の際はお手数ですが当社までお越しください。私が責任を持って担当致します」

「お客様のご来訪を心よりお待ち申し上げております」

サラリーマン氏はぴったりとした角度で頭を下げ、わたしがドアを閉めるまで、その頭が上がることはなかった。

わたしは早速大家さんのもとに向かい、あのサラリーマンがここを住み処にするつもりだ、と報告したのだが既に大家さんのもとにも挨拶に来ていたらしい。

「いいじゃない。これから寒くなることだし冬の間だけでも置いてあげましょうよ」

「でも、あれは野良のサラリーマンですよ」

「きっと元は雇われサラリーマンよ。だってネクタイを締めているもの」

それでも今は捨てサラリーマンである。大家さんはよくても住人たちは納得がいかない。

まずこのことに抵抗したのは猫のオロビアンコである。本棚荘の先住民としては、昨日今日やってきた野良の生きものがぬくぬくと屋根つきの部屋を手に入れたのが許せないのだろう。

鞄猫はこの件に抗議してハンストを行ったが猫はやはり猫だった。

「はい、まぐろの缶詰よ」

「にゃあにゃあ」

「はあ」

缶詰によって猫はあっさりと籠絡された。

ここにきて一番力強い味方となりそうだったのがヒナツさんだった。心の狭さなら誰にも負けない彼女である。思う存分に不機嫌さをあらわにし、たとえ飼うにしても軒先で充分ではないか、と主張した。

「あのサラリーマン、なんかチクチクするし」

ヒナツさんは近頃学業のほうが思わしくないらしく、その鬱憤を晴らすかのようにサラリーマン氏の悪口をふれてまわった。

「あんた、あのサラリーマンの生活知ってる?」

「いいえ」

「あの男、毎朝決まった時間にここを出て駅に行ってる」

「働いてるんですか」

「ちがう。だって駅には行くけれど電車には乗っていない」

「どういうことです」

「いつも同じなのだけれど、運賃表の前で財布を取り出してお金を数えている。それでもいっぺん運賃表を見上げてから、悲しそうに財布をしまう」

「お金がないんでしょうか」

「うん。あれは相当の貧乏だよ。昔はどこかよい会社に雇われていたかもしれないけれど、今じゃ電車にも乗れない野良リーマン。一日中街をほっつき歩いて、誰かとすれちがうたびに『私、こういう者でございます』って頭を下げてまわっている」

「それは何か意味があるんですか」

「挨拶まわりじゃないの」

不可解な行動をとるサラリーマン氏であるが、そこまで詳細な尾行をするヒナツさんもまた不可解だった。学校にいるはずの時間に何をしているのかわからない。けれどわたしの疑問をよそにヒナツさんからの調査報告は続く。サラリーマン氏を追い出すはずが、かえって興味を持ってきているのかもしれなかった。

「今日、サラリーマンが住宅街で泣いていた」

「泣いていた？」

「狭い道を歩いているうちに迷ったらしい。それでよその家の庭を通り抜けしようとしたところを運悪くカミナリ親爺に見つかり『若造、何しとる！』と怒鳴られていた。最後には膝をついて謝らされていた」

「かわいそうに」

「でもあの男、土下座が板についていた。かなり手慣れているね、あれ」

「もっとかわいそうです」

「そんな哀れなサラリーマンは、帰りもまた路に迷って、よその塀に並んでいたサボテンの前で足を止めて目を真っ赤にして『わたくし、こういう者でございます……』ってサボテンに頭を下げていた」

「だいじょうぶでしょうか」

「そしてこれが、涙ながらの声を録音したテープです」

「やめてあげてください、そんな盗聴」

「でも傑作だよ、これ。こんなに思いが込もった『わたくし、こういう者でございます……』を聞いたのは初めてだ。これからはサンスクリットよりもビジネス用語だと思った」

「ヒナツさん、ひょんなことをお伺いしますが、最近お勉強のほうはいかがですか」

「その件につきましてはまたの機会に報告したいと考えております」

「またの機会というのは具体的にいつですか」

「そう遠くならないうちに、ととらえて頂ければと存じます」

わたしたちはサラリーマン氏のように頭をぺこぺこさせた。

＊

さて本棚荘がサラリーマン氏の件で騒いでいた頃、わたしにはもう一つ困ったことがあった。アルバイト先の花屋がなくなるというのであった。

「年内でここを引き払おうと思っているんだ」

「え」

店長によれば、わたしを雇った当時から閉店のことは頭にあったのだという。なんでも店長のご両親がからだを悪くしたらしく、わたしを雇ったのも元々、緊急の際は実家に帰れるようにするためだったという。

「だけど親のことを気にして働いているよりは、いっそ店を閉めようと思ってね」

「はあ」

「おれも会社勤めを辞めてこの店をやってきたけれど、最初に店をやりたがっていた女房も死んだことだし、もう自分が東京で頑張る必要も感じないんだよ」

「はあ」

亡くなった奥さんがいた、という話はまったくの初耳だった。この数ヶ月共に働いてきたが、店長の家庭の事情など何一つ知らない。そして今それを知らされてもわたしの口から出る返事は「はあ」の一言だった。田舎者は会話もろくにできない。

「あと数週間『華』のある生活をしておくれ」

店長はそうおどける。東京のひとはよく冗談を言う。山の人間はもっとむっつりしていた。しかし東京の人間の笑い方はどこかもの悲しく、わたしはやっぱり「はあ」と言うしかない。田舎者は微笑もできない。

こうして花屋のバイトがなくなると知らされ、次の仕事を探す必要が出てきたわけだが、ちょうどその頃にとげ抜きの仕事が次々と舞い込んできた。季節柄だろうか、新規の客ではなく、かつて姉がみていた客たちがどこからともなくやってきた。

たとえばある日はおそろしく肥った男が本棚荘に現れた。

「やあやあ、あなたがお噂の妹君でいらっしゃいますか！　お姉様にはお世話になりました」男は頰の肉をたぷたぷと揺らしながらしゃべる。「実は昨年抜いて頂いたとげの痕がいたみだしまして、ひとつみて頂けないでしょうか」

その男はほんとうに肥っていたのでとげ痕を探すのに苦労した。

「先生、どうぞ遠慮なくこの背肉をかき分けてください」

「いいんですか、かき分けても」

「かまいませんとも。こちらこそ面倒なからだですみません」

言われるままに肉をかき分けたところ、たしかにとげ痕が見つかった。新しいとげはなく、きれいなものだった。おそらく寒くなってきたので古傷が痛むのだろう。とげにはよくあることだった。

「そうですか、そう言って頂ければ安心です。やはり専門家から一言頂くとずいぶん気持ちがほっとしますなあ。では、わたくしは春の訪れを待つと致しましょう」

姉がらみの奇妙な客の来訪は途切れることなく続いた。

その頃本棚荘の廊下にはとげがぽつぽつと落ちていることがあった。誰かが踏むといけないので箒とちりとりを手に廊下を掃いた。猫がじゃれてきて邪魔くさい。

「にゃあ」

「やめなさい。鞄に入ってなさい」

「にゃあ」

「お世話になっております」

「はい」

また客かと思ったがそれは客ではなかった。サラリーマン氏である。クリーニングに出したのか、スーツにも清潔感が漂っている。こうしてみると高そうな生地だった。濃紺のスーツに白のワイシャツ。胸元にのぞくとげも東京風のお洒落に見えてくる。

「お時間、よろしいでしょうか」と彼が言う。

「なんでしょう」

「ヒナツ様から伺ったのですが、お花を扱うお仕事をなされているそうで」

「ええ。駅前の花屋で」

「そうですか、お水を扱うお仕事は冬場はたいへんでしょう」

「でもただのバイトなので」

「ご謙遜を」

「いえ、ほんとうに」

沈黙。

「では、失礼致します」

「はあ」

何の用だったのかまるでわからない。

こういったやりとりに出くわすと、やはり野良だな、という思いを強めた。あまり人慣れしておらず、野良という素性は隠しおおせそうにない。少なくともよいところのサラリーマンではなかったと思う。昔わたしが働いていた小さな会社ですらサラリーマンたちはもっときびきびとしていた。それにやはりとげが多い。相変わらず全身とげだらけである。屋根の下で暮らせばいくらか抜けるかと期待していたが、今のところその気配はない。

ヒナツさんには、これ以上サラリーマン氏には近づかないほうがいいと警告しておいた。どうして、と訊かれれば、とげがあるから、と答えるのだが「それが何」とさらに問いが返ってくる。

ヒナツさんはこう言う。

「うちの大学の先生にもとげがあるんでしょ」

「ええ。目のそばに」

「先生のとげはよくて、なんでサラリーマンのはよくないの。大体、あのサラリーマンに最初に声をかけたのはあんたでしょう」

それを言われるとぐうの音も出ないのだが、まさか住むことになるとは思わなかったのである。しかしヒナッツさんは「でもわかった。気をつける」と思いのほか素直に聞き入れてくれた。初めのうちこそ物珍しさで面白がっていたが、さすがに飽きてきたのかもしれない。

勢いに乗ったわたしは大家さんにもサラリーマン氏を追い出すよう話を持ちかけた。大家さんは「でもこの寒い時期にかわいそうじゃないかしら」と甘いことを言っていたので、わたしは野良の生きものがどれだけおそろしいか言って聞かせた。

「いいですか大家さん。たしかにサラリーマンは見た目はきれいかもしれませんが、野良のサラリーマンはどんな病気を持っているかわからないんです。うちの山でも野良のサラリーマンを一晩泊めたばっかりにからだ中に湿疹が出て、しゃっくりが百日止まらなくなった家がありました。野良はほんとうに危険です。それにサラリーマンというのは一度拾ってしまうと、その後もそこを会社だと思いこんでいつまでも通勤し続ける習性があります。居ついてしまってからでは遅いんです」

わたしが懇々と諭すと、大家さんも「そうねえ、野良は危ないかもしれないわねえ」と理解を示し、ようやくサラリーマン氏を追い出すことに話がまとまった。

当のサラリーマン氏は追い出すとなれば素直に出ていった。

わたしがこわい顔をして「しっしっ」とやると、髪を七三に分けて、また植木鉢を抱えて出ていった。

「少しかわいそうね」と大家さんは言う。

「いいえ、下手に情をかけるほうがかわいそうです。とげ持ちのサラリーマンなんていつまでも飼っていられるものじゃありませんから」

「でも礼儀正しいし、あれで案外、高学歴のサラリーマンだったんじゃないかしら。少なくとも大卒だと思うわ」

「もしそうなら尚のこと前の飼い主が探しているはずです。こんなアパートで飼っていても彼のためになりません」

「でも」

「大家さん、どうしてそんなにあれを庇おうとするんです」

「だってあのひと」大家さんは言う。「本を読みそうだったもの。あなた方はちっとも本を読まないんだから」

大家さんは口をとがらせる。それを言われるとこちらも弱い。たしかにわたしも本を開くと眠くなる。けれどその日ばかりは心を鬼にした。

「だめなものはだめです。これ以上、口のついたものを本棚荘には入れさせません」

＊

けれどわたしの奮闘もむなしく、本棚荘の住人たちはサラリーマン氏に餌付けを続けていた。

＊

ある夜のことである。慣れない音で目を覚ました。
　ぷつ　ぷつ　ぷつ
雨音かと思ったが、どうも廊下から聞こえてくる。何だろう、とまだうつらうつらしていたところに、ぷつ、ぷつ、ぴちゃん、と水の音がしてきた。さすがに気になり布団を這いでたが流し場の蛇口は閉まっている。さてどこだろう、と思ったとたんに水を踏んだ。床が濡れている。
　ぴちゃん
とそこへ音がした。
天井からの雨漏りであった。もっとも上にはもう一階あるので雨ではない。しかし電気をつけると天井がぶわんと膨れあがって、今にも底が抜けそうなほど水が溜まっている。
　これはいけない、と思ったが何をすればいいかがわからない。時刻は三時をまわっており、こんな時間に大家さんを起こすわけにもいかない。そもそもこの水は何事だろうか、とひとまず廊下に出てみるとそこにはパジャマ姿のヒナツさんがいた。

「え？」

「ごめん、ごめん」

「ヒナツさん、あの」

「ああ」

ヒナツさんは布きれをいっぱいに抱え、そのまま、ごめんごめん、と上に行こうとしていた。わたしが「あの、上から水が」と声をかけるとようやく「ああ、やっぱり漏れていたんだ」とばつの悪い顔をし、こちらの部屋をのぞく。

「ひどいね」

「なんなんでしょう、これ」

「今急いで拭いているんだけど、あんた雑巾とか持っていない？　大家さんにばれると困る」

「ヒナツさん、上で何をしているんですか」

「それより、雑巾」

「何枚必要なんですか」

「あるだけ出して」

「ヒナツさん」とわたしは言った。「上に何があるんです。きちんと言ってください」

「言っても怒らない？」

「内容によります」

じゃあ言えない、とヒナツさんは言う。

わたしは雑巾とバケツを抱えて上の階に上った。

＊

例の部屋に入るなり、外の匂いがした。

つい最近までサラリーマン氏が居ついていた部屋なのだが、中はひどいことになっていた。まず流し場が水浸しになっており、さらに部屋中に茂っている草に目を奪われた。

「なんですか、この草」

この部屋の本棚は全て横倒しになっているのだが、それに土をいれプランター代わりにしている。そこに草が植えられているのである。

同じアパートの部屋とは思えなかった。土と草の匂いに包まれている。

そしてその部屋の片隅に立っているのが、捨てたはずのサラリーマン氏だった。

「誰が拾ってきたんですか」

「知らない」

「ヒナツさん、あなたなんですね」

「ねえ、そんなお説教は後回しでいいよ」と彼女は言う。「それよりこの洪水をどうにかしないと」

ヒナツさんの言い分ももっともだった。流し場付近で水が溢れかえっている。これが下の部屋にまで漏れていたのである。

真夜中に三人して床を拭いた。部屋からバケツを持ってきて、拭いては絞り、拭いては絞りを繰り返した。

一体どうしてこんなに水浸しになったのか。

わたしが受けた説明はこういうものだった。

「ちょっと前から」とヒナツさんが説明する。「このひとが外回りのときに雑草を持って帰るようになってて」

「待ってください、ちょっと前っていつです。いつからサラリーマンさんはここにいたんですか」

「あんたが追い出してすぐ」

「すぐ?」

「怒るんなら話さないよ。というか、ほかのひとは知ってるんだから」

「大家さんも?」

「知ってる。拾ってきたのはあたしだけど皆も賛成していたから」

呆れてものも言えない。わたしに隠れて一致団結していたらしい。そうまでしてサラリーマンを飼いたいのだろうか。東京のひとの考えることはわからない。

「ばれないように三階で飼ってたんだけど、サラリーマンはどうしても外回りに行きたがるから、あんたがバイトに行っている隙に外回りに行かせてたの。でもこのサラリーマン、土や雑草を持ち帰る習性があるみたいで言うことときかないんだよね。あたし最初それを知ったときは貧乏なあまり草でも煮て食べてるのかって心配したんだけど全然ちがってた。植えてるんだよ、この男」

ヒナツさんが話す中、サラリーマン氏は黙って雑巾を絞っている。彼は一番絞り方が下手で何の役にも立っていなかった。

「それでこのサラリーマン、前々からジョウロが欲しかったんだって。前あんたのところにも行ったでしょ？　ジョウロのことで」

「ジョウロ？」

「うそ、あたし、ジョウロを貸してもらうよう直談判したって聞いてたけど」

「そんなの聞いてません。サラリーマンさんと話したのなんて『花屋なんですか』って訊かれたときだけですよ」

「何それ。また誤魔化したの。あんたサラリーマンのくせにまともにひととしゃべることもできないの」

「…いえ、私はただジョウロはレンタルに頼るよりも購入したほうが長期的には利益が大きいと判断致しまして」

「はい、言い訳始まった。言い訳タイムのスタートです」

二人のやりとりが続く。

「信じられない、ジョウロ貸してくださいも言えないでおまけに『訊いたけれどもダメでした』って嘘までついてきたんだ？　それじゃあ捨てられてもしかたないね」

「ですから私は事を穏便に済ませようと思いましてですね」

「どのあたりが穏便なのかお聞かせ願いたいですね。ねえ、ちょっとあんたも聞いてくれる？　このサラリーマン、普段どうやって水やってたと思う？　一杯ずつコップに水を汲んで、それで一晩中ジョボジョボかけていたんだって。ばっかみたい。なんなの、その原始的農法。しかも今日なんて『画期的な水やりプロジェクトを開発しました。スプリンクラーからのインスパイアです』って言って蛇口を逆さまにして、噴水みたいにぶわーって水かけたの。馬鹿の極みでしょう？　しかも自分で思っていたよりも勢いが強くて慌てて蛇口を閉めようとしたんだけど、どっちに回せばいいかわかんなくなって部屋が洪水状態。結局こんな時間にあたしの部屋までやってきて『蛇口が壊れました。大事件です』って泣きついてきて、その間も蛇口はそのまんまだったんだよ？　このサラリーマンはね、蛇口を『下に向ける』っていう発想すら浮かばなくて部屋中びっしょびっしょにしたの。これ、どう思う？

この大都会東京でそんなサラリーマンってあり得ると思う？」

勢いこむヒナツさんを前に、わたしは「さあ、どうでしょうね」とだけ返事して雑巾を絞った。そんなことよりもこのサラリーマンを本棚荘に戻したことにわたしは気分を害していた。

勝手に拾ってきて、結局わたしに手伝わせている。飼うんならきちんと責任を持って世話してほしい。

むっつりとしたまま、わたしは雑巾を絞る。

三人が三人のリズムで床を拭き、雑巾を絞った。

手が冷たくってしかたない。

見ればサラリーマン氏の手も真っ白だった。冷えすぎて感覚がないのかもしれない。この季節、真夜中の水仕事はつらい。ヒナツさんがそれをめざとく見つけて、彼の手を握って「何、この手。デスクワークばっかりしてるからなまっちょろくなるんだよ」と言ってハーッと息を吹きかけた。サラリーマン氏は嫌がり「結構です」と言っていた。

ヒナツさんは口ばかり動かし、サラリーマン氏は手がかじかみ、どうも一番働いているのはわたしのような気がした。

なんという夜だろう、とため息をつきつつも、わたしはヒナツさんもあれで案外世話好きなひとだと意外に感じていた。なにしろサラリーマン氏の手ときたら冷たいだけではなくとげが四方八方に突き出していたのである。あんな手を握ったらこちらだってただでは済まないだろう。手のひらに刺さったとげというのは特に治りも遅い。

　それでもこのときはまだ、彼女のやさしさが単なる親切を越えたものだとまでは思っていなかった。

＊

　その夜の騒ぎ以降、サラリーマン氏は大手をふって本棚荘を歩くようになった。大家さんは喜び、猫遣い氏もよくさわりに行った。

　大家さんは「この本どうかしら」と本を与え、猫遣い氏は「競馬行こう。鉄板レースがあるんだ」と誘った。皆サラリーマンが物珍しいようで、彼はにわかに人気者となった。

　わたしと猫だけが蚊帳の外だった。

「あのひと、チクチクするよね」

「ふぎぃ…」

　それでもサラリーマン氏のほうは、これも彼の習性か、わたしに接触を求めてきた。

「先日はとんだご迷惑をおかけしまして」

「いえ別に」

「おかげさまで当社も未曾有の危機を乗り越えることができました。これもひとえにお客様のお力添えあってのことです」

「お部屋の草はいかがですか」

「はい。きわめて順調でございます。特に今月に入ってからの成長率には目覚ましいものがあり、私共の予想を遙かに超えております。一部上場も夢ではなくなって参りました」

「結構なことですね」

こんなサラリーマン氏であるが普段の暮らしぶりはいたって地味である。ヒナツさん曰く「植物みたいに水と日光で暮らしている」とのこと。彼女が面白がって肉や野菜を食べさせたところ好き嫌いはないようで何でも飲みこんだ。それでも相当の小食であることにかわりはなく、多くは食べない。好物は豆腐で豆腐なら一丁ぺろりと食べるという。

サラリーマン氏が来るまではわたしとスーパーのお総菜を食べていたヒナツさんも近頃はサラリーマン氏と食事を共にしている。

「なんでも食べるからおもしろい」と言って自炊まで始めた。

近頃では二人で外回りに出かけることも増えた。

サラリーマン氏はあいかわらずのスーツ姿だが、ヒナツさんのほうはリュックを背負いピクニックにでも行くような格好である。実際二人にとってはピクニックなのかもしれない。

晴れた日、二人は足どりも軽く本棚荘を出る。

歩道橋の上から街を眺めることもあれば、川辺で草を抜くこともある。

「この草、いいんじゃない？」

「妙案ですね」

雨の日は二人はカッパを身にまとい、どしゃ降りのなか出ていった。もう冬であるし、こんな日くらいは家にいたらどうか、と言っても、

「雨の日は土の匂いがする」

とにこにこしていた。

そんなにうれしそうにカッパを着込まれたら、こちらも何も言えなかった。

二人の仲が本棚荘でも公然のものとなった頃、ヒナツさんから「頼みたいことがある」と相談を受けた。わたしは「今忙しい」と柄にもない台詞で断っていたが、とある夜にスーパーの前で二人に待ち伏せをされた。

「ヒナツさん、こんなところまで来なくても」

「だって話聞いてくれないから」

笑みを絶やさずに彼女は言う。一歩下がった位置ではサラリーマン氏が番犬のようにかまえていた。

待たれながら買い物をする気分にもなれず、そこの駐車場で話を聞くことにした。ヒナツさんはサラリーマン氏には聞かれたくないらしく「待ってなさい」と命令を出して裏の駐車

場へと向かった。

＊

その話のあと、ヒナツさんは先に帰った。わたしは待機中のサラリーマン氏に「今日はわたしと帰りますよ」と声をかけたが、きかなかった。

「ヒナツ様にここで待機するように言われておりますので」

「でもヒナツさんは帰りましたよ」

「お気持ちはありがたいのですが」

サラリーマン氏は頑として言うことをきかなかった。一番最初にアパートの前で声をかけたのはわたしだというのに、もうわたしの命令は聞けないようである。

「お客様の命令でも聞けないの」

強く言ってみたが、サラリーマン氏は頭を下げるだけだった。

「申し訳ございません」

仕方がないから一人で帰った。

その夜のサラリーマン氏がどうしたかは知らない。わたしが部屋に着いたとき、ヒナツさんもまだ帰ってきていなかった。

その間もずっと、わたしは忙しくしていた。いよいよとげ抜きの客が増えてきて、遠くの県から、動けないからこちらまで来てくれ、という依頼まであった。中には姉でなければだめだと怒りだす客もいたが、たいていの客は「似てないね」と言いつつも満足してくれた。

数日東京を離れるときも本棚荘との連絡は欠かさなかった。突然アパートを訪れる客もいるからである。電話に出るのはたいてい大家さんか猫遣い氏だったが、ごくまれに猫が出た。

「ふぎぃ」

「どなたか人間に代わってもらえますか」

「ふぎぃふぎぃ」

猫が出ると言葉が通じないので弱った。

一度、サラリーマン氏が電話に出たこともあった。

「お世話になっております。本棚荘でございます」

「もしもし、わたしの部屋にお客さんは来ませんでしたか」

「はい、本日はどなたもいらっしゃいませんでした」

サラリーマン氏は言葉が通じるのでよい。

「そうですか、では」

「あ、お待ちください」と、電話を切る寸前のところで止められた。「ちょっと、よろしいでしょうか」

はい。

「ヒナツ様のことで一つお伺いしたことがあるのですが」なんでしょう。「以前、お二方がスーパーの裏でお話をしていたことがあったと思うのですが」ええ。「あのとき、どういった内容をお話になられたのでしょうか」なんでそんなことを気にするんです。

サラリーマン氏は声をひそめて答える。

「どうもあれ以来、ヒナツ様のようすがおかしいのです」意地悪でもされるんですか。「そんなことはありません。いつも通り外回りにも連れて行って頂けますし、今日はおいしい井戸水を飲ませて頂きました」のろけですか。「いえ、そうではなく、たしかにお優しいことはお優しいのですが、どこかちがうのです。あのときお二方はどのような議題にて話し合われたのでしょう」本人に直接訊けばいいじゃないですか。「訊きにくいことですから、こうしてお伺いしているのでして」本人が言えないことを、わたしが言えるはずないでしょう。

ガチャン、とわたしは電話を切った。

まどろっこしい会話だった。

受話器を耳から話すと、とげが一本転がり落ちた。

サラリーマン氏のとげはやはりよくないものだった。

見て見ぬふりをしてきたけれど、いずれ避けては通れないものかもしれない。考えてみれば、彼が本棚荘の前に捨てられていたのもただの偶然ではない気がした。ここ最近見た客の誰よりも、彼のとげはひどかった。

わたしはもう一度本棚荘に電話をかけた。

「ふぎぃ」

「サラリーマンさんに代わってください」

＊

ヒナツさんとした話を彼に伝えていいものかどうか決めかねていた。あの夜ヒナツさんがわたしにした相談とは彼のとげについてだった。

あいつのとげ、抜いてやってよ、ヒナツさんはそう言った。

見て、この手、と彼女は手のひらをわたしに差しだした。小さな手は傷だらけだった。

「痛そう」

「うん、ちょっと」

手をつなぐと傷だらけになるのだ、と彼女は言う。彼女自身はさほど気にしていなかったが、サラリーマン氏のほうがかえって気を遣っているのだという。近頃は手袋をはめるようになり、外ならばともかく部屋の中でも手袋を外さないらしい。

「手袋って言っても、軍手なんだけどね」とヒナツさんは困った顔で笑う。「スーツに軍手は似合わなさすぎる。昨日なんてごはんの最中も軍手をしているから、ぽろぽろこぼしていた。軍手にスーツの男がぽろぽろ豆腐をこぼしているのを見て、これはもうだめだと思った」話しだすと気が楽になったのかヒナツさんは饒舌になった。「だから抜いてもらおうと思って。手くらいならまだ我慢できるからいいんだけど、ほんとうは舌のとげがすごい。口の中が自分のとげで傷だらけになってる。ごはんをあんまり食べないのもそのせいだと思う。ねえ、あれって一日で抜けるものなの。あと代金はどれくらい」

「ヒナツさん」

「同じアパートなんだから安くして」

ヒナツさんが饒舌になればなるほどわたしの舌は重くなる。ねっとりとしたべたつきを感じながらわたしはとげについて話した。

「ヒナツさん、とげを抜くっていうのは、ただ抜いて終わりじゃないんですよ」

「何するの。消毒?」

そういうことじゃなくて、とわたしは言う。「あのひと、一目でわかるくらいとげまみれですし、深さもそれなりにありそうです」

「たいへんなの? 抜くの」ヒナツさんは表情をくもらせた。

「抜くのもそうですけど、たいへんなのは抜いたあとです」

「どういうこと」

わたしは後ろをふりかえって、サラリーマン氏が来ていないことを確認した。ヒナツさんがそれを見て、だいじょうぶだよ、あれはわたしの言いつけは守るから、と言った。だから気にしないでしゃべっていいよ、とも言った。

それでわたしが告げたのは、サラリーマン氏はひとが変わってしまうかもしれない、ということだった。ヒナツさんは意味がわからなかったらしく、ひとが変わる、と言葉を繰り返した。

「サラリーマンさんは、昔はきちんとした会社で働いていたんですよね」

「そうらしいけど」

「じゃあ、とげを抜いたらその頃に戻るかもしれません」

「いいことじゃない」

「でも」とわたしは言う。伝わらないことがもどかしい。「あれだけのとげまみれのひとです。とげがなくなったら、まわりとの付き合い方もずいぶん変わってくると思います。もしかしたら外の社会に戻りたくなるかもしれません。このまま本棚荘に居残るとは、ちょっと思えないです」

「ん、ごめん、まだよくわからないんだけど」とヒナツさんは言う。首が傾きからだが硬くなっていく。「それは単純に元気になるとか社交的になるとか、そういう意味ではなくて？」

「それもあるんですけど、やっぱり、ひとが変わるというか」わたしは口ごもる。

「ひとによるんですけど、よくあるのは、それまで好きだったものが好きでなくなったりします」

「たとえば？」

うん、とわたしは首をひねる。ヒナツさんが首をななめにして、あたしのことも嫌いになったりする？　と訊いてきた。

わたしは深くうなずいた。

一番言いたいことはそれであり、ほんとうに言わなければならないのもそのことだった。とげを抜いて、今のままの関係が続くとは思えなかった。とりわけサラリーマンさんは少し壊れているひとである。ああいうひとのとげを抜くと、必ず何か変わる。いい意味でも悪い意味でも大きく変わる。

好きなものを嫌いになるかもしれない。嫌いなものを好きになるかもしれない。

困るね、とヒナツさんがつぶやく。でもちょっとわかるかもね、と彼女は続けた。とげがなくなって立派になったら、そりゃ、あたしみたいな女には目を向けなくなるよ、かなり自信ある、こんなへんなのを気に入るはずがない。

「ねえ、へんなこと訊くけどさ」とヒナツさんはおどけて言う。「一旦抜いて、だめだったら戻すとかどうなの。本人が寝てるうちにまたズブズブとげを刺しちゃうとか」

「何が変わるの」

「そんなのできませんよ」わたしも笑う。「だって、たとえばお医者さんにどこか切ってもらってから『やっぱりやめた。くっつけて』なんてできないでしょう。一度とったものを元通りにするのは無理です」

「じゃあさ」ヒナツさんはまだ言う。

「なんですか」

「半分だけ抜くとか、どう。それならできる」

「できません。あんなにとげだらけだったら一部分抜いても残ったとげがまたからだに刺さっちゃうんです。抜くなら全部いっぺんに抜かないと意味がないです」

「融通きかないなあ」とヒナツさんは笑う。「やってみないとわかんないでしょ。なんですぐダメダメ言うの」

「ずっとやってるんです。とげ抜き師はそういうことを何回も経験して、昔のひとが失敗したのを見て、とげが人間の思うようにならないんだってからだでわかっているんです。歴史があるんです」

「でも今回のはちがうかもしれないでしょ。経験なんて役に立たない、まったく新しいものかもしれないじゃない。やるだけやってみたら？　半分だけ抜いてよ」

「無駄です。大体、半分ってどこからどこまでが半分なんですか」

「手と舌」

「え?」

「手と舌にとげがなかったら、それでいいよ」

「何言ってるんですか」

「うるさい」

「え」

ヒナツさんはもう、ふざけるのをやめていた。笑っていた顔がこわばって、失敗したお面みたいな顔になっていた。どんな表情にするのかわからなくなった出来損ないのお面だった。

彼女は足下の地面をいじっていた。草の根を靴でほじくり返す。

スーパーからはクリスマスソングが流れていた。その華やかな音楽に混じって、聞かなきゃよかったな、と口にした。

＊

「本日は遠いところまでお越し頂き、誠にありがとうございました」

サラリーマン氏と待ち合わせた場所は古いビルの入り口だった。ロビーも何もなく、外から見たときはほんとうにここでよいのか、と不安になるほどの寂れたビルである。エレベータの脇でサラリーマン氏が待っていた。

「ここに、以前勤めておりました」

「そうなんですか」

「はい、六階です」

共にエレベータに乗り込んだ。ゆっくりと、しかし大きな音を立ててエレベータが動いていた。

「本日の私はプライベートです」と彼は言う。

「プライベート」

「いつもはお仕事の上でのお付き合いですが、今日は一人の人間としてお付き合いくださ い」

「そのわりにスーツにネクタイなんですね」

「実は先ほどカジュアル服を見てきたのですが、どれを着ればいいかわからず、そのまま帰ってきました」

「見たかったですよ、サラリーマンさんの私服姿」

「たいしたものではありません」

彼の手には今日も軍手があった。

　ガタン　ガタン
エレベータは大きな音をたててわたしたちを上に運んでいた。ボタンが黄ばんでいて時代を感じる。東京で見かけるこの手の古さは山にはない種類の古さだった。つい最近まで新しかったものが時代遅れになると、それがたった十数年前のものでもひどく古びたものに感じられた。

エレベータの扉が開くと、まっすぐ廊下が伸びていた。突き当たりにドアがあり、会社の立て看板が置いてある。

「あの会社ですか」と訊くと、

「いいえ」と返ってきた。

サラリーマン氏はエレベータから降りようとしなかった。

「この階じゃないんですか？」

「私のいた会社は数年前に移転しました。あれは別の会社です」

「そうなんですか」

「はい、そうです」

無駄話をしているうちにエレベータのドアは閉まった。わたしたちはまた地上に帰る。

*

サラリーマン氏は本棚荘でヒナツさんに拾われるまで東京でいくつかの会社を転々としていたという。職種もあれこれやってきたそうだが、一番長かったのが最初の会社でやっていたプログラミングの仕事だと言った。

「コーヒーを一つ、あと、お水をもう一杯頂けますか」

喫茶店でもサラリーマン氏は水しか口にしなかった。

わたしはコーヒーを冷ましながら、サラリーマン氏の話を聞いた。

「プログラミングってどんな仕事なんですか」

「毎日コンピュータに向かってコードを書いておりました。頭よりも手を使う仕事です」

「コード」

「プログラミング言語は何かご存じですか」

「何ですか、それ」まるで聞き慣れない単語だった。「どんな言葉なんですか」

「あれは、たいへんに論理的な言葉です」サラリーマン氏は言う。「種類はいくつかあるのですがどれもひじょうに論理的です。機械に命令するための言葉ですから曖昧さがあってはいけないのです。ある方はプログラムというのは論理そのものだとおっしゃっていました」

「むつかしそうですね」

「そうでもありません」サラリーマン氏は水を飲む。「やってみると、ふつうの言葉よりずっと簡単です」

「ちょっとしゃべってもらえますか」

「しゃべる?」サラリーマン氏は怪訝な顔をした。「しゃべることはできかねます」

「簡単なものでいいんです。挨拶とか」

「挨拶というのは『おはようございます』のようなものですか」

「そうです。ただいま、とか、いただきます、とか」

「残念ながら」と彼は眼鏡の奥から語る。「それはできかねます。たとえば《ただいま》と発音するプログラムを書くことはできてもプログラミング言語そのもので《ただいま》と言うことは難しいかと存じます。そういった目的でつくられた言葉ではありませんので」

話はややこしくなってきた。彼は彼なりに説明してくれたが、わたしの頭にはうまく染みこんでこなかった。わたしには日本語しかできそうにない。

わたしはコーヒーを飲み、サラリーマン氏は水を飲んだ。

「サラリーマンさん、お豆腐好きなんですよね」

「はい」

「ここのメニュー、お豆腐ないですかね」

「どうでしょう」

サラリーマン氏はメニューを開き、一つずつじっくりと調べていった。

「実はヒナツ様からも似たようなご質問を頂きました」とサラリーマン氏は言う。

「お豆腐ですか」

「いいえ、プログラミング言語の話です。先程挨拶のことをおっしゃったでしょう。ヒナツ様からも、プログラミング言語で『好き』はなんと言うのかと訊ねられたことがあります」

「あるんですか、好きっていう単語は」

「ございません。プログラミング言語は感情的なものを取り扱っておりません」

「ヒナツさん、なんて言いました」

「『つまらない言語だ』とおっしゃいました。あとは『感情がだめなら、せめて情念を扱ってほしい』とも」

「彼女らしいですね」

「昔の私でしたら『何を言っているんだろう、このひとは』と思ったのかもしれません。少なくとも私のいた会社では皆がそう言ったと思われます」

「どういう会社だったんです」

「小さな会社でした」彼は昔話を始めた。「上のひとたちが仲間内で作り上げた会社らしく、初めは十人にも満たない会社でした。ですけれど、いつの間にかどんどん大きくなっていきまして何をしている会社なのかもよくわからなくなりました。私はただコードを書いていただけですが、他の方々はあちこちで動いていたようです」

「あんまりイメージがわかないですね」

「私自身がわかっておりませんので」サラリーマン氏はごくごく水を飲み、ウェイターさんを呼んだ。「お水をもう一杯ください」

「どんなこと考えて働いていたんです」

「わかりません。今日ビルに入れば思いだすかとも思ったのですが、あの頃の気持ちがまるで思いだせないのです」

「何も考えずに必死でやっていたんでしょうか」

「かもしれません」とサラリーマン氏は言う。「これは同僚が口にした言葉なのですが働くことは一種のゲームだと当時は言っておりました」

「ゲーム」

「ええ。私共はひとつの敵と申しますか依頼に立ち向かうわけですが、それを倒せばさらに強い敵が現れます。これはたいへんに手強い敵なのですが勝てば自分がさらに強くなれますので、なんとしてでも打ち破ろうとします。それに勝つとさらにとんでもない敵が現れます」

「終わりがないですね」

「ありません。あれは終わりのないゲームなのです。最後のボスはどこにもいません。それに少しでも休みますとほかのプレイヤーが力をつけてきますので、それこそ気を抜く暇もありません」

「頑張っていたんですね」

「どうなのでしょうか。ほんとうに覚えていないのです。ゲームから離れた今となってはなぜあんな生活を続けられたかもよくわからないでおります」

「またゲームに戻ったらわかるんじゃないですか」

「そうなんでしょうか」

「戻りたいと思います？」

「どうでしょう」と彼は口を濁す。「昔を覚えていないので戻りたいかどうかがわからないのです。ただ、今はゲームに勝ったときの記憶は全くと言っていいほど残っておりません。自分でも不思議なくらいです。覚えているのは負けたことばかりです」

「損な記憶ですね」

「ええ」サラリーマン氏はまた水を飲む。「ですが一つ最近よく思いだすことがありまして」

「どんなことです」

「奇妙な話なのですが」とサラリーマン氏がまたウェイターさんを呼ぶ。軍手がふらふらとゆれる。「当時、役員の一人が『読書局』という部署をつくったことがありました」

「読書局」

「はい、あの業界は新しい情報をどんどん得ていく必要があるのですが、本を読むには皆忙しすぎます。そこで専門の読書社員を配置しまして必要な情報を効率よく社で共有しようとしたのです」

「なるほど」

「ところがこの読書局にまわされるのは、うだつの上がらない社員ばかりだったものですから業務にはとても関係がなさそうな本ばかり読むのだそうです。ひどいときは小説や詩を読んでいたと聞いております。それが上層部に発覚する寸前に、慌てて本来読むべき本を読みだしたのですが、実はこれもまた読書局の叛乱の一環でして」

「叛乱？」

「ええ。ありもしない本を捏造し、それを最新の情報として報告しようとしていたのです」

「そんなのばれるでしょう」

「彼らはばれないと見ていたようです。なにしろ最新の知見である以上、それはまだ誰も知らなくて当然なのです。ですから彼らは複数のＷｅｂサイトを構築しまして、異なる言語でもってその本の存在をでっちあげたのです」

「どうなりました、それ」

「それがいよいよ報告会という段になってリーダーだった人間が抜けてしまいました。まもなく読書局自体も廃止されました。リーダーだけが少しおかしな人間だったようで彼が抜けたあとは抜け殻のようなものだったそうです」

「どんなひとだったんですか、そのリーダーって」

「さあ。あまり詳しくは知りません」

「そうなんですか」

「あの頃はもう、ひととしゃべることが少なくて」

＊

その日、それ以上の話をすることはかなわなかった。サラリーマン氏は最後に、あの読書局でしたら今の自分でもやれる気が致します、と言って、しばらく席を立たなかった。

帰り際まで気づかなかったのだが、とげが椅子に刺さって身動きができなくなっていた。お尻と背中にひどいとげが生えて自分で自分を磔にしていた。

「ご迷惑をおかけします」

どうかこのことはヒナツ様には内密に、と言ってはいるものの、朝よりも明らかにとげだらけになっているのでヒナツさんに気づかれないはずもなかった。今日一日どこで何をしていた、と詰問され、サラリーマン氏は昼間わたしといたことをしゃべったらしい。もちろんヒナツさんはわたしの部屋に飛んできて、あんたはとげ抜き師のくせにどうしてこんなとげだらけにするのだ、と怒鳴り散らした。

「わたしは、お話を聞いていただけです」

「何の話」

「昔の会社の話を」

「なんでそんな話させたの」

そのとき聞いたことだが、サラリーマン氏は以前から捨てられる前の話をするととげが出ることがあったらしい。そういうときはヒナツさんが抜いていたのだが、今日のとげはひどく、抜こうとしても鉤《かぎ》のようになっていて皮膚に引っかかるのだという。

「わたし、ちょっと抜いてきましょうか」

「いい」

「全部は抜かないからだいじょうぶですよ、応急処置のようなものです」

「いい。あれはあたしが拾ったんだからあたしが面倒見る」

「今日だけでもわたしにお手伝いさせてください」

「いいって言ってるでしょ」

「意地を張るのはやめてください」

「別に張ってない」

「どうしたんですかヒナツさん」

「あのさ」

「なんです」

「あんたの言っていること、信用できないんだよね」

「何が信用できないって言うんです」

「何もかもだよ」ヒナツさんは肩をいからせて言う。「今日だってあんた、あいつと二人で出かけることを秘密にしていたでしょう。二人でどこで何をしてきたの」

「だから昔話を聞いていたって言ってるじゃありませんか」

「どうしてわざわざ外で話す必要があったの。本棚荘ですればいいじゃない」

「落ち着いてくださいヒナツさん、別に嘘はついてないんです」

「そもそもあんた、なんで今日のこと自分から言おうとしなかったの？」

「え？」

「あんたが帰ってきてからどれだけ時間が経ったと思ってるの。やましいことがないなら、まっすぐわたしのところに報告に来ればいいでしょう。それなのに来なかったってことは、もしあたしが気づかなければ一生黙ってるつもりだったんじゃない？」

「ヒナツさん、あなた今日ちょっとへんです。とげがうつったのかもしれません」

　わたしは手をのばした。

　けれどその手を振り払われた。

「さわらないで」

「でも」

「あたしにもあいつにも、絶対さわらないで」

彼女はバタンと乱暴に戸を閉め、あの雑草の生えた部屋に向かった。

＊

以来、ヒナッさんとはすっかり他人になった。

もう廊下で会っても目をあわせない。話をしていないからあの部屋がどうなっているかはわからないのだが草やとげでひどいことになっているのだと思う。近頃では三階の廊下や階段にまで草が生えてきた。

一方で、とげの被害もあちこちに出てきた。とても細いとげなので皆それがとげだとは気づいていない。

たとえば大家さんは「紙で指を切ったみたい」と言っていたが、見るととげの痕だった。どこかでとげに巻き付かれたのだと思う。猫遣い氏が「からだがかゆい」と言っているのも布団に細かいとげが散乱しているせいにちがいない。そして一番ひどい被害にあったのが、あの鞄猫である。

「…にゃあお」

近頃猫はよくジャンプに失敗していた。不審に思って見てみると、ヒゲの中にとげが三本混じっていた。道理で近頃ふさふさしていたはずである。

これだけ周囲にとげをまき散らしているのだから、とげ主であるところのサラリーマン氏に異常がないはずはない。毎日の日課だった外回りも最近は回数がぐんと減った。

大家さんも心配している。

「病気でもしてるのかしら」

「そうかもしれませんね」

「心配だわ、あたし」

「でも大家さんも悪いんですよ」

「あら何が」

「わたし言ったじゃないですか、野良のサラリーマンなんて拾ったら後々面倒なことになりますよって」

「でもあたし、また捨てられてたらまた拾うわよ」大家さんは言う。「ヒナツちゃんだってきっと拾うわよ」

部屋にいると、上からとげが降ってきた。

以前水漏れをした箇所からとげが落ちてくる。

困ったものだ、とわたしは思う。

＊

雪が降ったのは、ちょうどクリスマス・イヴの前日だった。ヒナツさんは何の前触れもなくわたしの部屋をノックした。

「クリスマスケーキって、予約必要？」久々に顔を出すなり、ヒナツさんはそんなことを言ってきた。

「わからないです、わたし」

「そんなに高いやつでなくていいんだけどケーキを買いたい。あのスーパーってケーキは売ってる？」

「小さいのは見たことありますけれど」

「三角のじゃなくて、丸いおっきいのが欲しい」

「わたし前、お客さんからすごくおいしいケーキ頂きましたよ。そこに行ってみますか」

「高いんじゃないの」

「でも、ほんとにおいしかったです」

「へえ」

「たまにはいっしょに外に出ませんか。明日でも」

「うん」サラリーマンの調子次第だけど、と彼女は言った。

＊

ヒナツさんは秋物のコートで少し寒そうだったが、電車の人混みではちょうどよさそうだった。

「ヒナツさん、それ、前に大学に行くときに着ていったやつですか」

「うん。コートはこれしか持ってない」

「今度いっしょに買いに行きましょうよ」

「あんたと行くと、なんか貧乏ったらしいの買わされる」

「そんなことないですよ。今日だって高級ケーキですから」

「ていうか、ほんとにだいじょうぶなの」

「何がですか」

「銀座のケーキ屋ってすごく高そう」

「たかがケーキですよ」

初めて向かうその街は、本棚荘とはちがう東京だった。サラリーマン氏とはまったくちがう優秀そうなビジネスマンが街を闊歩していた。その横では恋人同士が頬を寄せ合いもしていた。わたしとヒナツさんはあまり言葉を交わさずに歩いた。

「あっち?」

「たぶん」

ヒナツさんは逃げるように人波をすり抜けていくので、後ろから手をつないだ。手を握るとびっくりするような顔をしたので思わず離したが、あとでまた握りかえして、わたしを引っぱった。

彼女の手にはまだとげが残っていた。

小指のあたりがチクチクした。

ところでヒナツさんはざくざく歩くわりにはちっとも方角を把握していなかったらしい。角に立つたびに首をかしげた。

「住所的にはこの辺だと思うんだけどな」

「見つかりませんか」

「うん。猫でも連れてくればよかった」

「猫?」

「匂いをかがせて、見つけるとかあるじゃん」

「それ、犬ですよ」

「猫でも頑張ればやれるんじゃないの? ブタの鼻とかでも、犬よりやれるらしいし」

「ブタと猫はだいぶ顔がちがいますよ」

「顔で判別しちゃいけないよ。あ、すみません」

立ち止まるとひとにぶつかる。

田舎者は雑踏の流れをなかなか読めない。雑談をしながら雑踏を行くのはひじょうにむつかしい。わたしたちはまた無口になる。

「あっち」

「はい」

二時間歩いて、見つからなかった。

＊

結局わたしたちはいつものスーパーに入っているケーキ屋さんでクリスマスケーキを買った。遅い時間だったので半額まで下がっていた。ケーキにも割引があるとは思わなく、わたしは年甲斐もなく興奮した。

「半額だから二個買いましょうか」

「そんなに食べられないよ」

わたしは大いに満足していたが、ヒナッさんが思いの外不機嫌だった。帰路についてから、やっぱりもうちょっと探してみればよかった、などと言いだした。

「どうしたんですヒナツさん、最初は高いケーキはいらないなんて言ってたくせに」

「でもいざ手に入るかもしれないってなったら、欲しくなる」ヒナツさんは言う。「クリスマスケーキだって別にどうでもよかった。ケーキなんていらないって思っていたけれど、サラリーマンと『クリスマスにケーキ食べたい？』とか話してたら欲しくてたまらなくなった。テレビのクリスマス特集にすごく惹かれた。もうインド古典とか死ぬほどどうでもいい。ケーキ食べてクラッカー鳴らしたい」

「買ってきましょうか、クラッカー」

「いや、クラッカーは言い過ぎた」

ヒナツさんは「手、痛い」と言って、ケーキの包みをわたしによこしてきた。

「とげ、刺さってるんでしょう」とわたしが言う。

「うん」と彼女がうなずいた。

「ちょっと見せなさい、とげ抜いてあげますから」

「あっちがいい」と彼女は向こうを指さす。「公園で座りたい」

＊

日が暮れてヒナツさんにもとげが増えてきた。ブランコに腰掛けてとげの具合をみたが、手だけでなくて首筋にもとげが見えた。ずっと同じ部屋にいるのだから、サラリーマンさんのとげがあちこち刺さっているにちがいない。

「痛くありませんか」

「そんなでもない」

「あとで痛みますよ、これ」

全部のとげを抜くことはあきらめ、肩をもんだ。元から肩凝りのひどいひとだったが石みたいに固まっている。

「肩はだいぶつらいでしょう」

「うん」

「頭痛もひどいんじゃないんですか」

「うん」

「サラリーマンさんは元気なんですか」

「うん。でもとげはすごい」

「ちゃんとからだは動かせますか？　寝たきりとかになってませんか」

「寝たきりになっちゃうことなんてあるの」

「若いひとだからだいじょうぶだとは思いますけど、とげを甘く見ないほうがいいです」

「そうなんだ。ちょっと熱があるみたいだけど」

「それくらいなら心配ありません」

「そうなんだ」

とげだらけの肩をもんでいると、こちらの指にもとげが刺さる。最近、こういうとげに触れていなかったから痛い。近頃はずっと姉の客の相手をするばかりだったから、ひどいとげには触れていなかった。

姉はやはりうまかったのだと思う。

このところ立て続けに姉の抜いたとげ痕を見たけれど、どれもきれいだった。痕が残っているが、客たちは「きれいな痕」と口にする。痕という汚いはずのものに「きれいな」という修飾語をつけるのも不思議な気がする。

昔から姉のうまさはわかっていたけれど、離れて姉の仕事を見ると、改めてほかのとげ抜き師とはちがうと思った。

「マッサージうまいね」

「姉のほうがうまいですよ」

「でもあんたもうまいよ」

「ありがとうございます」

「サラリーマンね、ここで拾ったんだよ」

「ここ？」

「一回あんたに捨てられたでしょ。野良は危ないって言われて」

「ああ」

「あのあとサラリーマン、この公園でブランコに乗ってたの。夕暮れ時にぽつんとブランコに乗ってるサラリーマンを見ちゃったら、それは拾うよ。いくらダメって言われても拾う」

ヒナツさんはケーキを抱え直して続けた。

「あのさ、とげ抜いたからって一瞬で性格変わったりするわけじゃないよね」

「変わりませんよ。数週間かかることもあれば、数年かかることもあります」

「そんなに長いんだ」ヒナツさんは笑う。「それだけあるならいいや」

「いいんですか」

「うん、だってクリスマスがあって、お正月もあるから。それだけいっしょにいられたら、もう満足」

ヒナツさんはゆっくりブランコをこぎだした。前に後ろに、ゆらん、ゆらん、とゆれながら、あいつのとげ、抜いてやってよ、と彼女は言った。

＊

ヒナツさんはその日に抜くつもりだったようだが、一晩で全部抜けるものでもなかった。舌のとげだけでも抜いてほしい、ということで、サラリーマン氏のとげを抜いた。

二人はもうずいぶん話し合ったあとらしく、サラリーマン氏もとげを抜かれる覚悟はできていた。本棚荘に戻るとお風呂あがりでほかほかしたサラリーマンが正座していて、おかしかった。

舌のとげはとてもうまく抜けた。

ただ引っこ抜いたのとはちがうでしょう？　と訊いてみたが、本人にはよくわからないらしい。けれどこちらの感覚ではまちがいなかった。舌にとげが生えることはもうない。

その晩はケーキを一切れもらい、部屋から追い出された。

＊

翌日から本格的なとげ抜きが始まった。ヒナツさんが手伝ってくれたこともあり、とげ抜きは順調に進んだ。さいわい、そこまで深いとげはなかった。抜けないほどのとげもなかった。サラリーマン氏のカラダは見る見るきれいになっていった。続けざまに抜くのでからだは熱をもったが、ヒナツさんが濡れタオルを頻繁に交換した。

血が垂れているがだいじょうぶなのか、とヒナツさんがわたしの部屋にしょっちゅう来たが、心配することはない、と告げた。多少の痕は残るかもしれないが一番ひどいのが舌だったからあとは心配ないだろう、と告げた。

幾度も彼女は「熱が下がらない」「うなされている」とうるさく言ってきたが、どれもとげ抜きの際にはよくある症状だった。むしろ今回は軽いほうだった。こうやって文句を言われるのもとげ抜き師の仕事である。姉ならば面倒がり、うるさい、いやなら辞める、で押し通しただろうが、わたしにそれだけの度胸はない。毎回部屋に行き、この程度ならば問題ないと告げた。

もしかしたら年をまたいでしまうかもしれないと思っていたが、どうにか大晦日には全てのとげを抜き終えた。

終わりました、お疲れ様です、と告げると、サラリーマン氏は「ご迷惑をおかけしました」と、心底疲れた声でつぶやいた。

東京の男は体力がない。

＊

これだけのとげ抜きをこなしていたものだから、年末年始は山に帰ることはかなわなかった。祖母から手紙が来て「おまえまで東京の人間になるつもりか」と叱られたが、そんなつもりはない、と返事を書いた。今は留守番をしているだけだ、とわたしは書いた。

春に本棚荘に来て冬になった。

長い留守番が続いている。

正月が明け、本棚荘の中で引越が行われた。サラリーマン氏のいる部屋とわたしの部屋を取り替えたのである。わたしの部屋は二部屋あり、一人で住むには少々広すぎる。しばらくはヒナツさんがサラリーマン氏の面倒を見ることであるし部屋を交換することにした。

彼の部屋の土だとか雑草だとかをどう運ぶかが懸念材料だったが、サラリーマン氏が「もう全部捨てていい。今は土が無くともさびしくない」と言うので、遠慮無く窓から捨てた。

猫遣い氏と二人で「さみしいから雑草を育てるとはどういう了見だろう」とぶつくさ言った。

サラリーマン氏のからだも順調に回復し、ヒナツさんの機嫌もよかった。年が明けた頃はお互いいやに優しく猫なで声を出しあっていたが、近頃は喧嘩もしている。

ヒナツさんが「そんなに文句を言うとその辺に捨てるぞ」とサラリーマン氏を脅せば、サラリーマン氏もサラリーマン氏で「どこに左遷されようと、本社に戻って参ります。一度拾って頂いた以上、ここに骨を埋めるつもりでおります」と頑張る。

わたしとしてもここまで元気になったらそろそろ社会に返したほうがいいのではないかという気がしたが、当の本人にその気がないのだからしかたない。もしかしたら本棚荘の暮らしが長すぎて外では生きていけないからだになってしまったのかもしれない。

本棚荘のおもてには今、こんな貼り紙がある。

《サラリーマン、拾いました》

昨秋、サラリーマンを一人拾いました。（♂・成人・日本人）
髪は黒。肌は色白。やや近視。元プログラマ。
お心当たりの方は本棚荘二〇一号室までご一報ください。

今のところ元の飼い主は現れていない。
とげを抜いたあと何か変化が起きたかと言えば、再就職活動に励みはじめた。仕事は選ばなければたくさんあるが、あまりたいへんそうなものは仮の飼い主であるところのヒナツさんが許可を出さない。当座、近所の保育園でバスの運転手の口があってそれでわずかながらの収入を得ている。もっとしっかりした会社に就職を望んでいるのだが、まだ見つかる気配はない。
ヒナツさんは「この穀つぶしめ」と言いつつも、引き続きサラリーマン氏の面倒を見ている。朝の喧嘩はお互いの寝坊が原因であるらしく、たいていどちらかが「行ってきます！」

と怒りながら先に出かけるのだが、必ずくるりと戻って、ドアの奥で数秒間出てこない。一体あの数秒間あなた方は何をしているのか、と当人たちに訊ねても答えは返ってこない。

　本棚荘の中では、あれは行ってきますの挨拶として唇を重ねているにちがいない、ともっぱらの評判である。

▽ある老人と、ある女の会話

「ああ、ようやく電車が来たね」老教授は安堵と共に立ち上がる。「どうしたんだい、君も乗るんだろう」

「乗っていいんでしょうか」

「いいに決まっているだろう」

「でもあの子がどうするつもりかと思って」

さようなら、本棚荘

アネ、カエル。

オマエ、カエレ。


一月も十五日を過ぎたころ、姉から年賀状が届いた。賀状と言ってもただの葉書に「年賀」と書いてあるだけであり、それは年明けの挨拶ではなかった。

姉が告げてきたのは留守番の役目がもう終わったということだった。

早速大家さんにお別れの挨拶に向かうと「まあ」と目を丸くされた。つい先日「今年もよろしくお願いします」と挨拶をしたばかりだというのに、舌の根も乾かぬうちにお別れである。

お姉さんが戻ってくるからって、どうしてあなたが出て行かなくちゃならないの、と大家さんはわたしの手をとってくれる。

けれどわたしは元々がただの留守番であった。

部屋の主人が帰ってくるのに留守番が居座るほうがおかしな話である。それに年明けからまたとげ抜きの客が増えた。あらためてその客たちが姉のとげ抜きを求めているということもわかった。

山に帰るにはいい頃合いである。

猫遣い氏の部屋にも挨拶に向かうと、彼はまるで心得ていたかのように、そうかおまえだったか、と言った。何のことかと訊けば、この本棚荘には一つジンクスがあるのだと彼は言う。

「このアパートは昔から誰かが入ってくると誰かが抜ける仕組みになっている。この間あのサラリーマンが住み着いただろう。新人が来ると古株の誰かが抜ける。全部の部屋が満杯になることはない。これは昔別の住人から聞いた話だが、ここはきっと本棚とおんなじなんだ。新しい本を一冊入れたら、古い本を一冊抜かなきゃいけない。無尽蔵に増えるわけにはいかない。今このアパートで一番の古株はおれだから正直そろそろおれが出て行く羽目になるのかと心配していたところだったが、なるほどそうか、おまえだったか」

「そんな決まりがあったんですか」

「ある。おまえの姉貴のときがまさにそうだった。とげ抜き師が一人抜けて、入れ替わりに別のとげ抜き師が入ってきた」

「でも」とわたしは猫遣い氏に言う。「その線で行くと、今度もう一人いなくならないといけません。だって姉が帰ってくるんです。わたしは姉と交替するんです」

それを訊くと猫遣い氏は口をへの字に曲げた。

「まあジンクスなんてものはあてにならない。とにかく、おれはここを出て行かないよ」

次に挨拶に向かったのはヒナッさんとサラリーマン氏の部屋だった。ヒナッさんは眠そうな顔で、何か用、とぼそぼそ言っていたが、アパートを出ることになった、と告げると目をひんむいた。

「なんで」

「姉が帰ってきます。留守番はおしまいです」

「いっしょに住めばいいじゃない。この部屋は返すから姉妹二人で住めばいい」

「東京にとげ抜き師は二人もいりません」

「そんなことない。東京には大学生やサラリーマンが腐るほどいる。とげ抜き師が百人いてもどうってことない」

「百人は多いですよ」

「うん、百人はいらないけれど」

「ですね」

「それにあんた、地元に帰って何するつもり」

「またふもとの会社で働きますよ」

「でも前クビになったんでしょう」

「新しいところで頑張ります」

「前できなかったことがどうして急にできるようになるの。やめなよ。あんたは面接で自己アピールとかができる人間じゃないから」

「それくらいへっちゃらですよ」

「本当？　じゃあ試しにここでやってみなさいよ。ちょっとサラリーマン、あんた模擬面接やってあげな」

「かしこまりました」

「え？」

突然サラリーマン氏が面接官となり、くいっと眼鏡を押しあげた。きらりと光る眼鏡に思わず緊張する。

『弊社を希望した理由を簡潔にお聞かせ願えますか』

『はい、あのう』わたしも頑張る。『家から通いやすく、働きやすそうな環境だと思って、はい、思いました』

『以前はどのようなお仕事をなされていたのですか』

『とげを抜いていました』

『なるほど、とげですか。どうしてお辞めになったのです』

『えっと、お客様に前のひとのほうがよかった、と言われ、それに元々とげ抜きに興味があるわけでもなかったので、これは向いていないな、と思いました。新しいお客様も全くつかなかったです』

わたしが喋るたびにサラリーマン氏の眼鏡が光り、ヒナツさんの表情はどんどん険しくなった。

『ところであなたにとって親友と呼べるひとは何人いますか』

『親友はいない気がします』

『いない』

『向こうがどう思っているかわからないですし』

『そうですか、ではストレス解消にはどんなことをしていますか』

『何もしません』

『何も?』

『はい、特にこれといってないです』

『ですけれどストレスが溜まることもありますよね。そういうときはどうしているんです』

『ストレスというもの自体がよくわからないんですけれど、わたしは普段からとげにやられることもないですし、もし嫌なことがあっても基本的に我慢します。我慢して我慢して、もうだめだ、と思ったら布団に入ります』

「ちょっと止めていいかな」ヒナツさんがそれこそ我慢の限界とばかりに割りこんできた。

「でもわたし、ようやくエンジンがかかってきたところですよ」

「そのエンジンは一生かけないほうがいいかもしれない。どうして全部の質問に思いつく限り最悪の受け答えをしているの。あとネガティヴ方面の話題になると途端にぺらぺらと喋りだすのはなぜ。しかも『新しいお客様は全くつかなかったです』とか、どうして自分から無能アピールをしてくるの。あとふつうの会社で『去年はとげを抜いていました』とか言わないほうがいいと思う」

「正直がいちばんですから」

「しかも友だちゼロ人とか言っていたよね」

「親友はむつかしいですね」

「あたし、あんたの友だちだと思っていたなあ」

「ほんとうですか、うれしいです」

「ばかにしているでしょう」

「ヒナッさん」

「なに」

わたしはていねいに頭を下げた。

「短い間でしたが、お世話になりました」

今まで生きてきてこれほど引き留められる経験を持たなかったのでわたしはとても幸福

だった。自分がひどく人気者になった気がした。だからこれ以上よいことは起こらないだろうと思った。

去り際が肝心である。

＊

夜、あらためて大家さんに呼びつけられた。

「お餅、食べなさい」

部屋にはつきたてのお餅が用意されていた。

「いい食べっぷりね」

「お餅、好きです」

「ここにいたらいくらでも食べさせてあげるわよ。はい、あんころ餅」

「大家さん、これからは姉にお餅を出してやってください。姉もお餅が大好きです」

「でもね」

「むぐ」お餅をほおばりながらわたしは話す。「わたしたち、山ではお餅姉妹として有名だったんです」

「お餅姉妹？」

「姉はとにかくお餅が好きで餅つきと聞けば必ず姿を見せるひとでした。普段は人嫌いのくせに餅つきのときだけはまるで別人なんです。ご存じなかったですか」

「知らないわ」

「山では姉のために特等席が用意されていたくらいです。小さい頃からとげ抜きで有名なひとでしたから、どこの家にも姉専用の座布団がありました。そこに座れば大人たちが『ほれ食えとげ抜き、ほれ食えとげ抜き』とお餅を出してきます。わたしも横でお相伴にあずかりました」

「かわいらしいわね」

「小さい頃はかわいかったみたいです。むぐ。山に帰ればその写真が残ってます。だけど姉は中学にあがってからも特等席で餅を食べていたので迷惑がられていました。目つきが悪いひとですし『出た、餅喰い女だ』と妖怪のように恐れられていました」

「それもかわいいじゃない」

「変な大家さんですね、むぐむぐ」

「でもあたしは、あなたがお餅食べるのを見るのも好きよ」

　大家さんのつくってくれるお餅は悪くない。大家さんは餅つき器という機械を持っていて餅米を入れればいつでも餅をつくれる。けれど香りの面で言うと、山で食べたつきたての餅にはかなわなかった。

「あなたがこのアパートに来たときはね、これで姉妹かしらと疑ったものだわ」

「似てないとはよく言われます」

「だけどいくらなんでも、あなたには人間らしいところがなさすぎたのよ。それこそお山から下りてきたお人形さんみたいで。それが今じゃずいぶん変わってきて」

「似てきましたか、姉に」

「いいえ、お姉さんとは全然ちがうわ。でもあなたずいぶん人間くさくなってきたんじゃないかしら、自分でもそう思わない？　はい、きなこ餅」

「どうでしょう」わたしはお餅を受けとる。「自分ではよくわかりません」

「だからあたし、ちょっと疑ってるのよ。あなた、ほんとうに帰りたいと思ってる？　もう少しここに残りたいって気持ちがあるんじゃないかしら」

「ありません。むぐ」

「お仕事だって、お客さんが来てくれているんでしょう」

「来ているけれど、わたし目当てじゃないんです」きなこ餅を食べると口がパサパサになって喋りにくい。「姉が帰ってくるという噂がもう出回っているみたいで、それでお客さんが増えはじめました。この間とても肥ったひとが来たんですけど、見ましたか」

「ああ、あのひとなら覚えてるわ」

「あのひと去年も一度来て、そのときはわたしのとげ抜きに満足してくれたんです。でもやっぱり姉にみてもらいたかったようです。この間は、姉が戻ってないと知ってずいぶんがっかりした表情をしていました。皆本心では姉が帰ってくるのを待っているんだと思います」

「悔しかったの、あなた」

「悔しくはないです。仕方ありません」

「でも気にしてるんでしょう。あんなデブチンの言ったこと」

「してません」

「あなた、やっぱりずいぶん変わったわ」

「そうですか」

「変わったけれど、まだ変わってないわ」

「そうですか」

大家さんは猫に甘酒をふるまった。猫はぺちょぺちょと舐めてから「くしょんっ」とくしゃみをした。酔っぱらうと鼻がかゆくなる性質らしい。くしょーん、くしょーん、とやりながら、それでも気分よさげに猫は鞄の中に入っていった。

おやすみ、猫ちゃん、と大家さんは猫に声をかけ、そして不意に、あたし決めたわ、と言った。

「何をですか」

「この猫ちゃん、かわいらしいでしょう」

「はい」

「でもこれを飼ってる猫遣いさん、かわいらしくないでしょう」

「はあ」

「だから飼い主さんのほうには出ていってもらうわ」

「え」

大家さんは自分の言葉に、うんうん、とうなずいて、だからあなた代わりにあのひとの部屋に住みなさいよ、と言った。

＊

大家さんの突然の発言は本棚荘に小さな騒ぎをもたらした。ヒナツさんは「ほんとうに？」と眉をひそめ、サラリーマン氏が「なんと」とつぶやいた。

ところが当人である猫遣い氏は平気な顔をしていた。

「あのばあさんはそんなことをする人間じゃない」

しかし大家さんはほんとうに動きだした。

まず部屋の電気を止めた。「何だおい、停電か」慌てた猫遣い氏が廊下に出ると廊下の電気も消えている。おそるおそる階段を下りると三段目に辞書の箱が仕掛けてあり足をすべらせる。「あいたっ」転んだ拍子に壁の本棚で雪崩が起きる。重厚なハードカバーが猫遣い氏の頭に次々と落下する。「痛い痛い痛い痛い痛い！」この一連の流れを全て聞いていたわたしは大家さんの本気に恐れをなした。

元々少しねじの外れているひとだったが、今はそこにとげが刺さってうまい具合にまわっているようである。祖母もそうだったが年寄りが怒るとおそろしい。加減というものを知らない。

にもかかわらず肝心の猫遣い氏はまだのんべんだらりとしていた。「あれはただの偶然だ」と彼は言う。「ああいうばあさんはおれみたいな男には甘い。おれもこの年になればどんなタイプの人間が自分を甘やかしてくれるか知っている。年寄りはおれみたいな能なしの中年に弱い。これはおれが今まで生きてきてつかんだ、一つの人生哲学だ」

しかし猫遣い氏の人生哲学など何の役にも立たなかった。

大家さんは猫遣い氏がトイレに入っているときに限って電気を消した。

「入ってるぞ」

また大家さんの窓に藁人形が吊るされる日もあった。大家さん曰く「ただのてるてる坊主よ」とのことだったが、どこから見ても藁人形だった。猫遣い氏が一日中部屋にいると藁人形は二時間毎に増えていった。

そしてあの節分の日、大家さんは「鬼を追い出しましょうね」と言ってどこからか米袋のような大きな袋をかついできた。「なんですか、その袋は」「豆よ」大家さんは本棚荘に豆をまきはじめた。大家さんに誘われるがままに、わたしたちも豆をまいた。

鬼はぁ外。福はぁ内。

鬼はぁ外ぉ。福はぁ内ぃ。

やがて大家さんは猫遣い氏の部屋の前に立ち、ドアに向かって豆をぶつけはじめた。力の入れ具合が年寄りの動きではなかった。穴を開けんばかりの勢いで豆を投げつけた。

鬼はぁ外。福はぁ内。

鬼はぁ外ぉ。福はぁ内ぃ。

猫遣い氏は部屋の奥で黙ってこの豆の音を聞いていたという。やがて大家さんのかけ声の中身が変わっていった。

鬼はぁ外。猫はぁ内ぃ。

「大家さん、ちょっとかけ声がちがいませんか」

「あら、昔はこう言っていたのよ」

人はぁ外ぉ。猫はぁ内ぃ。

「大家さん、やっぱりちがいますよ」

「ごめんなさい、あたし耳が遠くてわからないわ」

「耳は関係なくありませんか」

「人はぁ外ぉ。猫はぁ内ぃ」

翌日、猫遣い氏の部屋の水道が止められた。猫遣い氏はわたしの部屋に水を飲みに来て、ひとは水無しじゃ三日で死ぬんだ、とつぶやいた。コップに三杯飲み干してから、あのばあさん本気だな、と今の事態を認めるに至った。

＊

かくして猫遣い氏のための相談の場がもたれることになった。議題はどうすれば大家さんの怒りがおさまるか、である。参加者はわたし、猫遣い氏、ヒナツさん、サラリーマン氏、そして鞄猫である。

「にゃあ」

猫の鳴き声をもって話し合いは始まった。最初に意見を述べたのはヒナツさんであり、家主に嫌われた以上さっさと出ていけばよい、という冷徹な意見であった。

「大家さんだけじゃなくて皆が思っている。あんたみたいな人間が残ってこっちの子が出て行くのは納得がいかない」

「まあ待て」猫遣い氏が反論を開始した。「おまえの言い分もそれなりにわかる。おまえのような若い女は大抵おれのことが嫌いだ。おれだって自分がぴちぴちした娘だったらこんな中年男と同じアパートには死んでも住みたくない。だがちょっと落ち着いて考えてみろ。今のばあさんは少し行きすぎだと思わないか。元々頭がぼけかかっているんだ。あのぼけばあさんの気まぐれがいつおまえたちに向かうとも限らない。いつなんどき、この本棚荘を追い出される羽目になるかわからないんだ。今からその対策をしておいても損じゃないだろう。いいか、自分の問題としてこの事態を受け止めろ。人ごとだと思うな」

猫遣い氏の血走った目にサラリーマン氏が「ごもっとも」と相づちを打った。

「というか、あたしは前々から一つ訊きたいことあった」とヒナツさんがいやそうに話を続ける。「あんた、家賃ちゃんと払ってる？　いっつも遅れてるみたいだけど」

「おまえだってしょっちゅう遅れているだろう」

「悪いんだけどあたし、今はきちんと払っている」

「へえ」

「でもおじさん、今も遅れているよね」

「おじさんって言うな。それにたしかに遅れることもあるがそれが何だって言うんだ。今さらそんなことが問題になるはずもないだろう、馬鹿か。おれが遅れるのはもう自然の摂理だ」

「何言ってんの、このおじさん」と唾を飛ばすヒナツさんに背後から「ごもっとも」と相づちを打つサラリーマン氏。「あたしはね、自分が家賃を払っていなかったころは『ああ、他にも家賃を払ってないひとがいるんだなあ、じゃあまだ払わなくていいや』なんて思っていたんだけど、いざ自分が払いだすと、同じアパートに住んでいるのにまだ払っていない奴がいるっていう不公平に腹が立ってしかたないんだよね。おじさん、先月って家賃払ってないでしょう。一番最近で家賃を払ったのっていつ？」この質問を突きつけられると猫遣い氏は途端に勢いをなくし、のらりくらりとかわすようになった。「どうしたの、おじさん。さっきの勢いはどこに行ったの」「おまえたち、ひとの財布の中を探るような真似はよせ」「最後に払ったのっていつ」「もう若くないいんだ。覚えてない」「十一月って払った？」「払ってないかもしれないいな」「十月は」「うん、どうかな」

どん、とヒナツさんが床を叩いた。

「今から質問します。もしYESなら《YES》と答えなさい。NOなら返事をしなくてかまわない。では質問します。『おじさんは去年一回でも家賃を払ったことがありますか』」

猫遣い氏は何も答えなかった。

NOである。

サラリーマン氏が一人「なんと……」と声を漏らした。

まさか一年間にわたって払わないでいるとは思わなかった。世間ではたくさんのひとが職を失い、住み処までも失っているこのご時勢に、のらくらと催促をやり過ごし安穏と過ごしているとことが許されるはずはない。ここに来てわたしの頭にも「やはり彼は出ていくべきかもしれない」との思いがよぎったが、今度はヒナツさんがそれを否定した。

「だめ。絶対に逃がさない。出ていくならお金を払ってから出ていきなさい。今逃げるのは食い逃げといっしょ。たらふく食べてから『実は金がない。すまん』とかぬかす輩と変わらない。大家さんが許してもあたしが許さない。今すぐ働いて耳そろえて借金を返しなさい」

「だけど仕事がないんだよ」とだだをこねるのは猫遣い氏。

「あんた猫遣いなんでしょ？　猫を遣ってお金を稼いできなさいよ」「無茶言うな。それができるならもうやっている。今時猫遣いを呼んでくれる家なんてあるはずがない」「それならどこか工事現場でも行って働いてきなさい」「力仕事はだめだ。腰が痛くて」「じゃあ駐車場の警備員でもやればいいでしょう」「屋外の仕事はちょっとなあ。おれ、冷え性だから」「なら内職でもしなさい」「無理無理無理。おれ、ぶきっちょだし」「じゃあここで死ね」「ごもっとも」

ヒナツさんが冷静さを失い手をあげようとするところをサラリーマン氏が押さえ込み「ごもっとも、ごもっとも」と繰り返す。

第一回本棚荘会議はどうも惨憺たる有様になってきたが、そもそも猫遣い氏に自分で何とかしようという心意気が感じられない。彼はただ全てがいつの間にか解決されることを望んでいるだけだった。その後も彼の仕事について「マグロ漁船に乗ってはどうか」という提案もなされたが、サラリーマン氏の「あれは一介の素人ができる仕事ではございません。体力と精神力の両方を兼ね備えた方でないと難しいかと存じます」というもっともな反論の前に覆された。他にも「内臓を売るのはどうか」「新薬の実験体になるという手もある」などの意見が出されたが、こちらもサラリーマン氏が「そういった行為は後々たいへんな後悔をするのでやめたほうがよろしいかと存じます……」と声を震わせるようになってきたので、わたしたちは口をつぐんだ。彼も過去にはいろいろあったらしい。

「にゃあ」

かくして猫の鳴き声と共に会議は終わりを迎えた。尚、この会議の最中に大家さんは猫遣い氏の部屋のドアの鍵をこっそりとつけかえていた。

「おい、ドア開かないぞ」

大家ともなるとさすがに抜け目がない、とわたしは感心した。

「自分の家に入れないって、どういうことだ」

その夜から猫遣い氏は廊下で暮らすようになった。さいわい本棚にだけは不自由しないアパートなので棚で仕切りをつくり一人用のスペースをつくっている。猫遣い氏はその真ん中で不機嫌そうにあぐらをかく。することがないのか足の皮をむいている。

あぁあ、と彼は独り言を言う。年はとりたくないもんだな、足の皮がどんどん厚くなるよ。

彼のこの独り言をヒナツさんに報告すると「猫遣いのことなんかより、あんたは自分のことを考えたほうがいい」と言われた。「大家さんは今猫遣いに八つ当たりをしているけれど、ほんとうはあんたに怒りたい気持ちもあると思う」「わたしは何もしていませんよ」「それが一番よくない」

大家さんはあんたと一番仲が良かったんだから、ちゃんと話をしてきなさい、あたしも二十歳を越えたら足の皮が厚くなったよ、面の皮も足の皮もどんどん厚くなった、だけど厚くなったからって丈夫になるってことじゃないんだよ。

*

大家さんの部屋を開けると、大家さんは珍しく眼鏡をかけて本を読んでいた。

「こんばんは」

この部屋にはいると本の匂いがする。本棚荘の中で唯一、棚にきちんと本がおさまっている部屋だった。

「何を読んでいるんですか、大家さん」

「おまじないの本よ」

「珍しいものを読んでいるんですね」

「ええ、いやなひとを追い出すおまじないをさがしていて」

「やめてください」

「そうね、夜に小さい字を読むと目が疲れるわ」

大家さんはパタンと本を閉じる。目を両手で押しながら、あなたいつ出ていくつもりなの、とわたしに訊いた。

姉が帰り次第なので正確な日付は言えない、とわたしは答えた。

そう、と大家さんは言った。

「大家さん、猫遣いさんのことをこれからもお願いします」

「あたしいやだわ、あのひとときたら本は読まないし猫ちゃんのお世話もろくにしないし、いいところが一つもないもの」

「でも猫芝居をしますよ」

「どうせ嘘でしょう」

「猫に好かれているのはまちがいないようですけれど」

「もしできるんならあたしの前でやっているはずよ。だってあたしいっつも言ってるもの。おもしろいお話を聞かせてくれたらお家賃はまけてあげますよって。だけど一度も来なかった。そんなことよりあなた」と大家さんは立ち上がった。「お餞別にね、本をあげるわ」

「わたし、読みませんよ」

「読みなさいな」そう笑う彼女は台所に立ち、冷蔵庫から本を一冊取り出した。

「よく冷えていて、いい本よ」

「はあ」

「誰かが出ていくときにね、必ず本をあげることにしているのよ」

「姉にもですか」

「ええ。でもあげなきゃよかった」

「どうして」

「だって戻ってくるんでしょう」

「そうですね」

大家さんはまた目をぎゅうっと押して、あなたも戻ってきたっていいのよ、と言った。目が疲れているようすだった。

*

部屋を出たのはその日の明け方だった。

大家さんの部屋に行った時点で、既に決めていた。姉の帰りを待っているといつになるかわからない。日本には来ているという話もあるが、どこをほっつき歩いているのか、まだ本棚荘には来ていない。かと言ってこのまま待っていると、また一悶着起きそうだった。

大家さんが起きる前にわたしは部屋に鍵をかけた。夜と朝のすきまの時間だった。本棚荘は寝静まっている。部屋の前に立って、もうここには戻れないのだ、と思うと胸がひんやりした。

そのとき足下で、にゃあ、とまとわりついてくるものがいた。

「まだ起きていたの、あんた」

「にゃあ」

「みんなが起きちゃうでしょ」

まんまるい目でわたしを見つめてくる。今日でお別れだということを理解しているのか、なかなか向こうに行ってくれない。

本棚荘の門を出ても足下にはまだ猫がいた。

「戻りなさい。あんたにはご主人様がいるでしょう」

けれどまだついてくる。どこかで戻るだろうと思って歩いていたが、角を曲がってもまだついてくる。見送りはうれしいがアパートの前までで充分である。さすがに駅まで着いたときに言って聞かせることにした。

「アパートにお帰り」

猫は黙っている。

「あんたは本棚荘の猫でしょう。猫芝居ができる立派な猫ちゃんなんだから、わたしなんかに着いてきたらいけません」

「イヤダ、ツイテイクゾ」

背中で気色の悪い声がしたと思ったら、猫遣い氏がぼさぼさの頭で立っていた。眠そうな顔であくびを一つした。

「寒いな、今朝は」

「猫遣いさん」

「どうやって帰るつもりだ、お山には」

「寝台車ですけど」

「そうか、じゃあ」と猫遣い氏は猫を鞄にいれた。「おれの分も切符買ってくれ」

「何を言ってるんです」

「おれも行く」

「え」

「いい機会だろう。おれもおまえと同じで、この街には向いていなかったんだ。おれも本棚荘を出るよ」

＊

東京という街に彼とわたしが馴染んでいないのはまちがいのないことだった。わたしが知っているのは本棚荘とスーパーだけである。その二つを行ったり来たりするだけで時が経っていった。

わたしにはとげがない。

いつもふらふらと誰かのあとをついて生きてきた。今はそんなわたしに、猫とその飼い主がついてくる。

寝台車に腰を落ち着けると名残惜しさを感じる間もなくわたしたちは東京を後にしていた。

しかしまだ山には着かなかった。

＊

なんでおれがこんな目にあってるんだ、と上から猫遣い氏の声がした。

止まった電車の中でわたしたちは時間を持て余していた。雪の予報があったのは知っていたが、まさか電車というものがこんなに簡単に止まるものだとは知らなかった。

朝早く出たのに、もうとっぷり日が暮れている。

「おい、起きてるか」

「はい」

「今日中に動くのか、この電車は」

「わからないです」

「いつまでこんな堅いベッドで寝てないといけないんだ。おれの腰がどうにかなっちまうぞ」


猫遣い氏は不満たらたらだった。当初この車室に乗り込んだときは目を輝かせて「おれ、寝台車は生まれて初めてだ。これが二段ベッドか。すごいな、上のベッドはおれのものだからな』とはしゃいでいたのにもう飽きたらしい。上からは、あぁあ、とため息が聞こえ「おまえなんかについてくるんじゃなかった」とまで言われた。

「猫遣いさんが自分から来るって言ったんじゃないですか」

「うるさい。あれだけ皆に嫌われて残れるわけがないだろう。決めてたんだ、おまえが出ていく日についていこうって。こいつとも約束してたんだ。なあ」

「にゃあ」

「それなら先に言って欲しかったです」

「言ったら断られるだろう」

「そうじゃなくて、わたし、大家さんに猫遣いさんの家賃を渡してきたんです」

「え？」

「猫ちゃんのごはん代に、ってメモといっしょに今まで節約してきたお金を全部置いてきたんです」

「おまえ、なんでそれを言わなかった」

「だってまさかついてくるとは思わなかったから」

「それじゃあ大家のばあさん、丸儲けじゃないか」

「お金の問題じゃないですよ」

けれどお金の問題もあるにはあった。東京の物は東京に残していこうと思って、貯めたお金はほんとうに全て置いてきた。だから持ち合わせがない。しかも猫遣い氏が個室の指定席を買ったために家までのバス賃すら心もとなくなった。もちろんごはんを買うお金だってない。

ぐう、とお腹の音がした。わたしではない。猫遣い氏のお腹である。

「おい、腹減らないか」

「減ってます」

昼から何も食べていない。

「おまえ、何か食い物持ってないか」

「ありません」

「使えないやつだな」

「もうしゃべるのはよしてください。せっかくあなたとよいお別れをしてよい思い出のまま帰ろうとしていたのに、去り際でぐちゃぐちゃです」

「ぐちゃぐちゃとは何だ。おれはおまえが一人だとさみしいだろうと思ってだな」

「結局は旅費のたかりじゃないですか」

猫遣い氏は、なんだと、と上から身を乗り出してくる。逆さになった顔としばし見つめあう。でもすぐに、やめよう、腹が減るだけだ、とまじめな顔で言った。

「おれはそんな話をしたいわけじゃないんだ」と彼は言う。「さっきからこいつも腹を減らせている」

「ふぎぃ」

「ちょっと一仕事をしてこようと思う」

猫遣い氏は妙なことを言った。仕事とは何のことか、と訊くと、この電車の中にどうも客がいるようだ、さっきから猫がひげをピクピクさせている、と言う。

「猫遣いさん、だからその仕事って一体何のことです」

「おまえまでおれを信じてなかったのか」猫遣い氏ははしごから降りてきて、髪を手でなでつけながら言う。「おまえがおれに言ったんだろう、おれの仕事は猫遣いだって。猫遣いの仕事と言えば決まってるじゃないか。おい、行くぞ。来い」

猫遣い氏が鞄をひらいた。すると二段ベッドの上から黒いかたまりがぽんと飛んできた。

うまい具合に鞄にすっぽりおさまった。

「何年ぶりだろうな、猫芝居をするのは」

＊

猫遣い氏が消えてから、わたしは大家さんからもらった本を開いていた。ぱらぱらとめくると「火夫」という短編が目についた。長いこと冷蔵庫にはいっていた本だからかまだ冷んやりしている。けれどこの「火夫」という短編のページだけはあたたかかった。

しかしいざ読みはじめると猫遣い氏のことばかりが頭に浮かんで話が頭に入ってこない。本を読むと別のことばかり考えてしまう。

猫芝居、というのはほんとうの話だったのだろうか。もしそうならわたしも見てみたいものである。猫のお芝居とはどんなものだろう。

カーテンを開けて廊下のようすをうかがったが既に猫遣い氏の姿はない。窓の外はただ暗いだけである。まだ雪が降っているのかどうもはっきりしない。

財布を取りだし、お金を確認した。やはり心許ない。いつもの五百円よりは入っているが、それでも足りない。

久しぶりに財布の中のあの名刺を見た。

結局、百合枝さんにお別れの連絡はしなかった。お金が貯まったらいつかはお店に遊びに行こうと思っていたが、わたしが行っていいようなお店ではないとあとから知った。

それでも節約は続けていた。

背中の葉っぱの具合はどうだろうか。

＊

「娘さん、起きているかね」

「起きてますよ。おじいさん」

「おじいさんはやめてくれないか」

「わたしだって娘と呼ばれる年じゃありません」

「しかし、まいったね。せっかく電車に乗れたというのに今度は止まったまま動かないよ」

「そうですね、でも皆眠ってるんだから静かにしたほうがいいですよ」

「まあ、そう言わずに。本棚荘の話でもしようじゃないか」

「その話は今はやめておきましょう」

「なぜだい」

「向こう側のホームに、ちょっとばかりナイーブになっている娘がいるようなので」

「娘というくらいの年頃なのかね?」

「わたしよりは確実に年下でしょうね」

＊

再び車室で本を読もうとしていると、足音が聞こえた。猫遣い氏が戻ってきたようである。

「ただいま」満足そうに猫と戻ってきた猫遣い氏は腕にカップラーメンを抱えていた。

「食いたいか」

「どうしたんです」

「おれが稼いできてやったんだ。どうしてもと言うなら食わせてやってもいい」

「猫芝居、してきたんですか」

「にゃあ」と猫が鳴き、主人が「しっ」と口をふさぐ。「久しぶりだからおっかなかったが、なんとかなるもんだな。長い芝居は難しそうだがちょっとしたものならまだやれる。こいつも立派なもんだ。ちっとも錆びついたようすがなかった。たいしたもんだ、おまえは」

「わたしも観たいです」

「だめだ。前言っただろう。猫芝居はいかず後家のさみしい女にしか見せない。それにしてもおまえ、寝台列車っていうのはいい選択をしたな。ちょっと年食ったお嬢さんが退屈そうにしていたよ。さあ、食おう食おう。このカップ麺、高いやつだぞ。チャーシューがたくさん入ってる」

「お湯は」

「え?」

「お湯、あるんですか、猫遣いさん」

「どっかその辺にないのか。こういう電車って食堂車とかあるんじゃないのか」

「これ、ついてないと思いますけど」

猫遣い氏は乾いたカップ麺を指をピンとはじく。ピン、ピン、と数回はじいてから、もう一仕事してくるよ、とまた立ち上がる。

「わたしも行きます。猫芝居、見せてください」

「おまえはだめだ。猫芝居を見るにはまだ若い」

「ちゃんと老けた顔をします。今日は疲れたから老け顔には自信があります」

「その肌でそんなことをぬかしてるといかず後家に呪い殺されるぞ」

「にゃあ」

わたしは再び置いてけぼりだった。

＊

「娘さん、あんた実際のところ、年はいくつだい」

「おじいさんよりははるかに若いです」

「いやね、僕も駅で君を見かけたときは若い子だと思ったんだが、こうして暗くなってくると妙だね。君の寝台からは、まるで酸いも甘いも噛み分けた大年増の気配すら感じられるよ」

「ねえ先生」

「なんだね」

「それ以上言うとその目の上のとげ、引っこ抜いちまいますよ」

「君、このとげにも気づいていたのか」

「そりゃ気づきますよ」

「だめだよ。これは抜かれると困るんだ。この前もよその娘に抜かれそうになって危なかったんだから」

「ああそうですか、先生。じゃあ言っておきますけどね、わたしはその、よその娘、とやらほど甘くはないですよ」

老教授が訊く。「君、何者だい」

わたしが答える。「ただのとげ抜き師です」

*

再び本を開いているといつの間にかうとうとしていたようで、甘い匂いで目が覚めた。

「おう、起きたか」

「猫遣いさん、何食べているんです」

「紙魚《しみうお》」

「紙魚？」

「知らないか。魚を干したやつなんだがおれの田舎では正月によく食った。久々に食うとうまいな。ガキの頃を思いだす」

「どこで手に入れたんです、そんなの」

「猫芝居でもらってきた。おまえも食うか」

紙魚というものは本を模した容れものにはいっていた。紙にはさまれた紙魚をぺりぺりとはがす。噛んでいてもあまり魚の味はしない。

「なんですかね、この味は」

「うん。絶妙な味というよりも、実に微妙な味わいだ」

「猫遣いさん、紙の方も食べちゃってるんですか」

「食えるんだよ、この紙は。紙魚っていうのは紙に下味をつけて保存するんだ。紙魚そのものにはあまり味がない」

「なるほど」

「もっと食っていいぞ。そこにある」

ひとつだけ模様のちがう箱があると思ったら、そちらは紙魚ではなくて本物の本だった。猫の絵がついていて、開くと中身はマンガだった。

「それも客からもらってきた。猫が電車に乗る話らしい」

「ずいぶんたくさんもらったんですね」

「猫遣いは人気者だからな。あと林檎もあるぞ」

「わたしにも見せてくださいよ、猫芝居」

「だめだ」と彼は笑う。「子どもにはまだ早い」

「じゃあせめて大家さんに見せてあげればよかったのに」

「あのばあさんには見せてもよかったけれどな」と彼は林檎に手を伸ばして言う。「だけどあのばあさんは本が好きだろう。本は猫遣いの商売敵なんだ」

「商売敵?」

「本のせいで猫芝居がだめになった。昔は猫芝居を観ていたような女たちも今じゃ窓を開けようとすらしない。閉め切った部屋から出てこない」

「それ、本のせいなんですか」

「うちのおやじさん達の世代ではそう言っていた。おれは本を読まないからよくわからない」

車室には林檎の香りが漂っていた。

いい匂いだな、と思った。

猫遣いさん、とわたしはふと口にした。このままわたしと旅をしてみませんか、と。

「何言ってるんだい、おまえさん」

「とげ抜き師と猫遣いの二人組で日本中をあちこちまわるんです。それで去り際にいつも、行かないで、って引き留められるんです。すてきだと思いませんか」

「悪くないな。おれも引き留められてみたい」

「でしょう」

「だけどとげ抜きも猫芝居も客がつかないだろう」

「一つの町に一人ぐらいはいますよ」

わたしは夢想する。日曜日は猫遣い氏が猫芝居をして、月曜日はわたしがとげ抜きをする。とげ抜きと猫芝居は案外相性がよい気もする。

「それよりおまえ、とげ抜きを続ける気があったのか」

「え？」

「おれはおまえがとげ抜きをやりたくないもんだとばかり思っていた。山に帰って別の仕事をさがすって言ってたじゃないか」

「ああ、そうでした」

「とげを抜くの、好きなのか」

「好きではないです」

「じゃあ、何が好きなんだ」

「そんなのわかんないです。何か好きなものがあったら最初からとげなんて抜いてないです」

「なるほどな」と、いやに納得する猫遣い氏。「若い身空でとげなんて抜きたくないだろうな」

ひとに言われると無性に悲しくなった。山でもとげ抜きをするのは大抵年寄りだった。わたしたちのように子どもの頃からとげ抜きをしている者は珍しかった。姉は腕の立つひとだったが、わたしはちがった。わざわざとげ抜きをする必要はなかった。

「猫遣いさんは好きですか、猫芝居をするのが」

「おれは全然好きじゃない」

「そうなんですか」

「ああ。猫といるのは好きだが猫芝居は好きじゃない。それにおれは猫芝居がうまくない。昔だってよく客に、もう来なくていい、と言われた。思いだすだけで腹が立つ」

「そんなことあったんですか」

「ある。こっちだって好きこのんであんな女に見せてるわけじゃないのに、つまらないなんて言われる筋合いはない」

「はあ」

「おまえさんだから言うがね、おれはたぶん猫芝居の客がきらいなんだよ。どいつもこいつも根暗でじっとりしていて、顔ときたらおかめかひょっとこみたいな連中ばっかりだ」

「ひょっとこ」

「もし客が美人揃いだったらおれも猫芝居を頑張る気になる。だけどひょっとこ軍団に誉められたって嬉しくないし、しかもケチをつけられたら全然やる気なんて起きない。猫芝居が流行らなくなった原因のひとつはそこだな。客がひょっとこだから猫遣いもやる気をなくしたんだ」

「その理屈はいかがなものでしょうか」

「みなまで言うな。おれだって馬鹿じゃない。自分の言っていることがふざけていることはわかっている。だけど困ったことにそれがおれの本心なんだ。客が根暗なひょっとこだから、おれは猫芝居をしたくない」

本気だか冗談だかわからない。

真顔で言っているから本気のように思えるが、もしそれが本心だとしたらほんとうに最低のひとである気がしたので冗談だと思うことにした。

「そもそもおれが猫遣いになったのはだな」

「あの、もうこの話はやめましょう」

「なんでだ。もっと喋らせろ」

「そう言えば猫ちゃんはどこに行ったんですか」

「鞄の中で寝てるんだろう」猫遣いは林檎の芯までかじりだした。紙魚だけでは全然足りないらしい。「ガキの頃、線路のそばに住んでいたことがあるんだよ」

「線路ですか」

「やかましい場所でな、本棚荘とはえらい違いだ。猫はそういうやかましい土地は嫌うんだが、そこの長屋にいかず後家がいたんだ。猫芝居の客にはちょうど手頃の女だった」

「もうけっこうですよ、そのお話は」

「まあ最後まで聞け。その女はおれの客じゃなかった。おやじさんの客だ。あのひとだけは特別だった、後にも先にもあんな客は見たことがない。たしかに暗い目をしているし別に美人ってほどでもない。だけどうそみたいに白い肌をしていた。それで草の匂いがした」

「草の匂い」

「ああ。背中のあたりからね、ふわっと匂ってくるんだ。草っていうか、林檎みたいな果物の匂いかな。その匂いを毎晩かいでたから、おれは女っていうのは皆ああいう匂いがするもんだと思ってたくらいだよ。ああ、そうだ思いだした」

と、猫遣い氏が顔をあげる。

「おまえの部屋からその匂いがしたことがあった。ほんとうに一瞬だけ。あれをかがなかったら、おれはおまえに声をかけなかった」

「草の匂い」

「ああ。女の背中からした、草の匂い」

＊

「娘さん、あんたただ者じゃないと思っていたが、とげ抜き師だったのか」

「ご存じでしたか、先生。東京のひとでとげ抜き師を知っているなんてめずらしい」

「知っているというほどじゃない。本で読んだことがあるだけだ。しかし今でもいると思わなかった。そうだ君、ちょっと聞いてくれないか」

「なんです」

「僕の知り合いの娘さんでね、背中にとげがあってえらく悩んでいる子がいるんだよ。かわいい顔をしているんだが背の開いた服を着られないらしい。母親のことも知っているだけに心配でしかたない。君、ちょっとみてやってくれませんか」

「先生、ちょっといいですか」

「ああ待ちなさい、今写真をお見せするから」

「そうでなくて先生」

「なんだね」

「猫の声がしませんでしたか」

「え？」

＊

猫遣い氏が突然妙な顔をした。

「猫遣いさん、その葉っぱの匂いの話、もうちょっと聞かせてくれませんか」

「おい、あいつはどこだ」

「あいつって猫ちゃんですか」

「おかしいな、いつからいないんだ」

「さっきからずっとですよ。わたしからも訊いたじゃないですか、猫ちゃんはどこ行ったんですか、って」

「鞄の中にもいない。変だな。ここの車室に戻ったときあいつはいたか」

「わたしは見てません」

「置いてきたかな」

猫遣い氏は林檎の芯を放り投げて、代わりに鞄を手に取った。

「捜してくる」

「わたしも行きます」

「いやおまえはいいよ。ここで寝ていろ」

＊

「猫？　君、こんな寝台車に猫がいるはずないだろう。僕が煙草を我慢しているっていうのにペットを持ち込むのはかまわないって言うのかね」

「気のせいですかね」

「そうだよ、君のそら耳だ」

＊

猫遣い氏はなかなか戻らなかった。

本を読んで待とうかとも思ったが集中できるはずもない。大体この本は冷たくて長いこと持っていると指がかじかんできた。あの猫は大家さんもたいせつにしていた猫である。やはりわたしも捜しに行くべきだと思い、結局廊下に出ることにした。

よその車室はどこも静かだった。東京を出たときから乗客は少なかったし、中には電車が止まって降りた客もいるようだった。ひとがいる温かい感じがしなかった。廊下の温度も実際に低い気がした。手に息を吹きかけながら小さく、オロビアンコ、と猫の名を呼んだ。せっかく名前がついたというのに、誰もあの子を名前で呼ばない。

＊

「先生、ちょっと失礼しますね」

「どこに行く気だい」

「おしっこですよ」

「写真を見ていかないのかい」

「そんなものより、もっといいものを見れる気がするんです」

＊

——お客様、こちらは特別車輌になっておりまして。

猫を捜して車輌から車輌へと渡り歩いているところで、一つ向こうの車輌に、鞄らしきものが落ちているのが見えた。ところがそこはなにやら料金の高い車輌らしく、車掌さんがその扉の前に立ちはだかっていた。帽子を目深にかぶっていてあまり感じがよくない。電車は動かないというのに偉そうである。山にこんなひとがいればきっと村八分にされている。

「車掌さん、わたし、あそこにある鞄をたしかめたいだけなんです。ちょっと入れてもらえませんか」

「切符はお持ちですか。なければ入れるわけにはいきません」

「切符」

だめだろうなと思いつつも、一応財布から切符を差しだしてみた。案の定、車掌さんは首をふった。そんな安い切符でここに入れるわけがないでしょう、さてはあなた田舎のひとですねと、ずいぶん失礼なことを言われた。少々むっとして、わたしは一年も東京に住んでいたんですよ、と言い返した。そうすると向こうは向こうで、こっちは十年は暮らしてますがね、といばる。そして、そんなに入りたきゃここで切符代を払ってくれれば入れてあげますよ、とこちらの財布を覗いてくる。やめてください、と言おうとしたが、向こうが、おや、と帽子のつばを持ちあげた。

「なんだお嬢さん、あなた切符をお持ちじゃないですか」

「え?」

「こいつですよ」と、彼がちょいと引っ張り出したのはあの名刺だった。どうもこの薄暗さで何かと見間違えているらしい。

「なるほど、今日のお客様はあなた様でしたか。うちにいらっしゃる方にしてはずいぶんお若いから、あやうく追い返してしまうところでした。やあ失礼した」そこで車掌さんは懐中時計をとりだし、うんうん、とうなずいた。「時間もぴったりだ。もう始まる頃です、そこらに座ってお待ちください。これ以上中に入ったらいけませんからね。いくら切符をお持ちといっても、女優に触れるのは御法度です」

「あの、わたしはただ猫を捜して」そこまで言いかけたところで、ジリリリリ、と電話が鳴る音がした。本棚荘の電話と同じ音だった。向こうの車室から音がしている。

車掌さんを見あげると、彼はすっと扉に手をかけ、わたしにおじぎした。

「猫芝居、これより開演でございます」

＊

車室の廊下に、ぽつん、と置かれたひとつの鞄。

今その鞄からひとりの猫が顔をだした。

見た瞬間は、オロビアンコ、と声をあげそうになったが、どうもいつもとようすがちがった。のっそりと鞄から出てくるさまはまるで年寄り猫のようである。そして暗くて気づかなかったが、鞄のそばにもう一人黒ずくめの車掌さんが控えている。その彼が鞄に手をいれ中からとりだしてきたのは一冊の本だった。

猫はその本を前にして、まるで文字を読むかのように熱心に本を眺めている。しばらくすると前脚をなめ、ぺたんと脚をはっつけてうまい具合にページをめくる。

読書家のようである。

それがふとこちらに目を向け近づいてきた。

あなた、寝台車は初めてかしら
はい

長旅で退屈していたんじゃなくって

そんなことありません

だといいんだけど、ほら、昔はどの電車にも読書車というのがついていたものだけど最近は邪魔だからって、なくしちゃっているのよ、ごめんなさいね、つまらなくて

いいえ

何かあったらここに来てちょうだい、わたしはいつもこの鞄の中で待っていますから

はい

猫は読みさしの本にしおりをはさんで、また鞄の中にかえっていった。黒車掌がいったんチャックを閉める。

この鞄が舞台袖だった。

黒車掌がくるりと鞄をまわし、再びチャックを開けたならば、そこにはさっきとはちがう姿の猫が現れる。

お世話になっております

猫は眼鏡にネクタイ姿で現れた。

眼鏡をかけた猫など生まれて初めて見たが、案外似合っている。猫はわたしの足下で、私こういう者でございます、と挨拶してくる。名刺代わりに、肉球でポンとスタンプを押された。

これはどうもごていねいに
いかがですか、近頃とげ抜きの売り上げは
ぼちぼちです
そうですか、それはけっこうなことです

話している最中に、猫の眼鏡がだんだんずり落ちてくる。やはり猫の顔に眼鏡はむつかしいらしかった。くいっと前脚で持ち上げるのだが今度はその前脚の毛並みが気になったらしく、ぺろりとなめる。なめると、眼鏡がまたずり落ちる。

ずるっと落ちるのを、くいっと上げて、ぺろっとなめると、またずるっとしている。これをせわしなく繰り返し、だんだんテンポが速くなってくると会話どころではなくなった。

今後とも宜しく　ぺろ　お願い　ずるり　申し上げ　くいっくいっ

何を言っているかよくわからなかったが、本人もわかっていないらしく話の途中でいきなり鞄に帰っていった。鞄に戻る際には眼鏡を落としさえしていたが、こちらも拾わずに消えていった。真面目そうなわりにどこか適当である。

さて黒車掌が鞄の回転を行うと、次に現れたのはえらく眠そうな猫だった。

わたしに近づきもせず鞄にもたれかかって眠っている。あまり動かないところはヒナツさんに似ていると思っていたが落ちていた眼鏡に何やら反応を見せた。

まず鼻をひくひくさせ匂いをかぐ。

なんだこれ

次にかじってみる。

かたいな

どこが気に入ったのか知らないが前脚で眼鏡をいじくりはじめる。すると猫の習性で動くものに飛びついてしまい、興奮気味に駆けまわりだす。自分で蹴っ飛ばして自分で追いかける。狂乱状態である。あんなに乱暴をしたら眼鏡が壊れてしまうのではないか、と心配になるが、ときどき全身で愛おしそうに抱きかかえて、はぐはぐと眼鏡を甘噛みした。幸せそうである。

当人がこれを見たら怒り狂うにちがいなかった。

猫はおそろしい。いつも寝ているようでいて、案外と人間側を観察している。

観察と言えばそのとき気づいたのが車室のあちら側に誰かがいることだった。どうやら向こうにも観客がいるらしい。せっかくの機会だから並んで観たいとも思うが、お芝居はまた新しい動きをみせる。猫が鞄に戻り、黒車掌が鞄を回す。

次に出てくるのは誰だろう、わたしも登場するのだろうか、と楽しみ半分怖さ半分で待ち受けるがなかなか出てこない。黒車掌はまだぐるぐると鞄をまわしている。

時間がかかるようだ。

鞄の中では何かがもぞもぞと動いている。

＊

「まだ寝ているのか」

＊

まずしっぽが見えた。

鞄からしっぽが一本現れる。

かわいらしく、ゆらゆらと揺れている。

さてどんな顔の猫だろうか、と思うのだがまだ顔は現れない。しっぽしかいない。

すこし長いな、と思う。

この猫、こんなに長いしっぽだったかな、と首をかしげる。鞄から突き出たしっぽが、するすると伸び、車室でゆらゆらと揺れている。これ以上伸びるようだとよくないな、と思った。見た目が怖くなりすぎる、と心配になったところでようやく猫は顔を出してくれた。猫自身も、しっぽがへんだな、という顔つきで鞄から飛び出してきた。

しっぽはどこかで汚してきたのか葉っぱのような匂いがした。本人も気にしていて、かぷかぷと先っぽを噛んでいる。噛むと草の匂いが強まって猫は、くけぇ、くけぇ、とえずいている。匂いがだめらしい。

何見てんの、あんた

そのしっぽ、ちょっと長いですね
なんか文句あるの
具合わるくないですか
すごいわるいよ
抜きましょうか、わたし、抜くの得意なんです
え、しっぽ抜けるの
たぶん
じゃあ、ちょっとやってもらおうかな

わたしはしっぽに手をかける。ぐいっと引っ張ると猫はまるでスイッチを押されたかのように、とーん、と垂直に跳び上がった。
ひゅーんと着地後、床を見つめたまま言う。

何、今の痛さ
そんなに痛かったですか
うん
やめましょうか

いや、でもあたし耐えるよ、もう一回抜いてみて

そこで先ほどの倍の強さで引っ張ってみた。猫は今度は天井すれすれまで、ひゅーんと跳んだ。

ごめん、痛すぎて跳んじゃった
だいじょうぶですか
うん、今度こそ跳ばないから、もっかい抜いて
あのう、やっぱりやめましょう
やってよ、次は我慢するから、あたし根性なら町で一番だったんだから。どんなにぶたれようとも一度くわえた魚は離さないって有名だったんだよ
でも
だから抜いて。こんなに長いしっぽ、もうやなんだよ
無理です
なんで
だって、これしっぽですもん。しっぽは抜けないですよ。しっぽ抜いちゃったら猫じゃなくなります

まじで
はい
まじで抜けないの
はい
　猫はわたしの言ったことを頭の中で考えているようだった。やがて、よっこいしょと腰を落として横になった。

そうか、しっぽだもんね
はい
あんたの言うことわかった。じゃあ、あたしはこのしっぽをとりあえず丸めておくからさ
はい
せめて顔のこの辺、かいてよ
かゆいんですか
かゆいわけじゃないけど、かいてもらうと気持ちいいんだよね
しっぽと全然関係ないですね

あるよ、だってすごい悲しいもん、こんなにしっぽ長かったらもうオス猫と交尾できないじゃん。あいつ、顔かわいいけどしっぽ長くてきもい、とか言われたらつらい

はあ

だからせめて、首のところかいてよ

ぽりぽり

ああ、いいね、あんた、首をかくのがすごい上手だよ

初めて言われました、そんなこと

上手だよ、そこの車掌さんもそう思わない？

思いますね、と車掌さんが割りこんでくる。帽子の奥に猫みたいなひげが見えた。猫で寝台車の車掌を務めるなんて立派なものだと思った。

あんたはさ、時々こうやって首をかいてちょうだいよ。悲しくなったときに、そばにいてよ

はあ

どこに住んでいるの、あんた

ええと
なんてアパート
ええと

猫は首の向きをころころ変えて、まんべんなくかかせている。見るとしっぽは先ほどよりは縮んでおり、そこまでは目立たない。これなら丸めておけば気づかれないだろう。ずいぶん気持ちがいいらしく、喉からぐるぐるとすごく大きな声を出している。どうもこの喜びようは芝居ではない気がする、そう思って隣にいたはずの車掌さんに話しかけると、さっきいたはずの彼が見あたらない。おや、と思えば、鞄のそばに控えていた例の黒車掌も見あたらない。そして目の前の猫がいない。

みんなが消えた。

たしかにあちら側にも観客がいたはず、と思って顔を上げると、薄ぼんやりとした中に姉に似たひとがこちらを見ていた。

こんなところに姉がいるはずがない。

なんか、へん
何がへんなの、言ってみなさい

わたし、なんだか猫に化かされている気がする
そうだろうね、おまえはいつも迂闊《うかつ》だから
うん
だけど知らなかったよ、おまえはずいぶん楽しい一年を過ごしたのだね
姉がこんなやさしい言葉をかけるはずがない。わたしはやはり化かされているのだろう。
目を閉じて、ぎゅうっとまぶたを押さえた。
再び開けたとき、わたしは元の車室で横になっていた。

＊

「ずいぶんぐっすり寝ていたな、おまえさん」

「寝ていた」

猫遣い氏がわたしの車室の隅で林檎をかじっていた。

膝の上には林檎があった。いい香りはそこから漂っていた。

「わたし、いつから寝ていたんでしょうか」

「おれが出かけて、戻ってきたときにはもう寝ていたよ」

「猫芝居は」

「猫芝居?」彼は歯を見せて笑う。「夢でも見ていたのか、おまえさん」

「今、わたしに見せてくれたんじゃなかったんですか、猫芝居」

「ばかだな、おまえ、猫が芝居なんてできるはずないだろう」

「だってその林檎、猫芝居の謝礼でもらったものですよね」

「これはさっきよその電車で盗《と》ってきたんだ。だからあまり大きな声を出すな。ばれるだろう」

「盗ってきた」

「へんなじいさんがぼおっとしてたから、くすねてきたんだ」

頭はまだぼおっとしている。

猫遣い氏の横には例の鞄が置いてあった。のぞいてみると、猫が中で丸くなっていた。顔を近づけたがまったく起きる気配がない。

「放っておいてやれ。長旅で疲れてるんだ」

「猫遣いさん」とわたしは彼を見て言う。「あなた、そんな真っ黒の服を着ていましたか」

「着ていたよ、おまえも見ていただろう」と彼は微笑む。

*

「おかしいな、君、僕の鞄にはいっていた林檎を知らないかい。毎朝林檎を食べるのが習慣なんだが」

「知りません、泥棒でも出たんですかね」

「そう言えば君、さっき猫がどうとか言っていたね。あれが怪しいな。君の荷物はだいじょうぶかい」

「わたしのはだいじょうぶだと思いますけど、あ、でもあれがない」

「なんだい、あれって」

「本がないんですよ。本棚荘の大家さんからいただいたマンガです」

「君、本をなくしたのはまずいね」

「まずいですか」

「だってあのばあさん、本にはうるさそうだろう。なくしたなんてばれたら何をされるかわからんよ」

「それはこわいですね、わたし、あのアパートに行くのはやめにしておきます」

「君、本気で言っているのかい」

「しようがないですから」

わたしは思いきり伸びをした。長いこと車室にいたからカラダがかたまってきた。林檎を食ったらどうだ、頭がすっきりするぞ、と言われてその言葉に従った。

林檎を食べるのはひさしぶりだと思った。

かじると中は蜜であふれていた。

「蜜入り林檎ですね」

「うまいだろう」

「おいしいです」

「ようやく目が覚めた顔つきになってきたな、おまえ」

「はい」

林檎をかじりながら、わたしは猫遣い氏に今どれくらい持ち合わせがあるかを訊いた。二人合わせても切符を買うだけのお金は残っていなかった。

駅に着いたら、祖母に電話をしてお金を持ってきてもらうことにした。

おまえのばあさんは怖くないか、と猫遣い氏が言うので、ものすごく怖い、と言っておいた。猫遣い氏はどこかに隠れているのが無難だと思った。

「おまえはそのまま、山に帰るのか」

「いったん帰ります。それで祖母にきちんと伝えます」

「なんて」

「もうちょっと東京にいたい、って」

「そうか」と猫遣い氏が言う。「大家のばあさんが、喜ぶだろうな」

猫遣い氏は、わざとらしくあくびをして、おれも一眠りする、なんだか疲れた、と言いながら二段ベッドのはしごに足をかけた。

「でも猫遣いさん、いったいいつになったら動いてくれるんでしょうね、この電車」

「何を言っているんだ、おまえは」

「え？」

彼は続ける。

「さっきから動いているだろう」

「え」

猫遣い氏が車室のカーテンを開けた。

窓の外では景色が動いていた。足下からはガタン、ゴトン、と振動が伝わってきた。

「ほんとうだ」

「おまえずっと気づかなかったのか」

「わたし今、ちょっと恥ずかしいです」

「ばかばかしい、何を慌てているんだ。少しは猫を見習ったらどうだ。どこにいようが、あいつはいつも変わらない」

呼ばれたと思ったのか、鞄猫がふっと顔をあげた。

わたしは彼女に近づき、さっきはありがとう、と耳元でお礼を言う。

猫は、何言っているんだこの人間は、とばかりに迷惑そうな目をして、そっぽを向く。

鞄の中は草の匂いがした。

この猫はなぜだかお日様の匂いがした。

この作品はフィクションです。実在の人物・団体等とは一切関係ありません。

本書は「とげ抜き師」(『ダ・ヴィンチ』２０１０年１月号掲載)を加筆修正し、書き下ろしを加え文庫化したものです。

想像の楽しみを与えてくれるキリフキ作品

紀伊国屋書店富山店　朝加昌良

どうにも気になるのである。

書店員として働いていると日々多くの本を扱うことになり、そのため一冊一冊をじっくりと見るわけにはいかなくなるのだが、中にはどうしても気になってしまい、つい手を止めて内容を確かめてしまう本がある。紺野キリフキさんはそんな、気になる本を書く。

まず、タイトルが気になる。本作『はじめまして、本棚荘』もそうだが、過去の『キリハラキリコ』、『ツクツク図書館』もしかり。さらにそこに出てくる登場人物やあらすじを見るとますます気になることになる。つかみの力とでも言おうか、まずぐっと引き込まれ、そしてとにかく先が気になるのだ。ちなみに本作の冒頭はこうだ。

「昔はねえ、お家賃というものは本で払ったものですよ」

「本」

「ええ、本」

なんと、本。本でお家賃、なんて素敵なアパートだろう、などと本好きなら思ってしまうかもしれない（少なくとも私は思った）。が、そう思った時点で作者の術中にはまっているのである。

彼が書く作品の大きな魅力の一つに、物語世界の設定の面白みがある。初の文庫作品である本書で文字通りキリフキ作品と「はじめまして」の方は、こういった設定に面食らわれたかもしれない。だが、以前の作品を読んでいてもやはり意表はつかれる。『キリハラキリコ』では、日記という形式でその不思議な登場人物だらけの世界を少しずつ見せた。『ツクツク図書館』はつまらない本しか置いていない図書館の物語。そして、今作のアパート。用意される舞台はいつも意外なもので、ちょっと変で、でも惹かれるものなのだ。

そんな舞台であるから、登場人物たちもまた、それにふさわしくユニークである。温和そうでありながら頑固なところがある大家さん。ダメ中年の猫遣い。だらだら寝ている女学生に、捨てられたサラリーマン。こうして並べてみると「ダメ」率が高いような気もするが、それゆえにみんな愛嬌がある。周りにはいないけど自分の知っている人とどこか似たところがある、そんな人たちだ。職業もまた面白い。主人公（と、その姉）のとげ抜き師、猫芝居をする猫遣い。これらには実はモデルが存在する、などということは無いだろう。どうやって考えついているのであろうか、ともかく作者の想像で生み出された職業は、真面目な大ウソのようでおかしみがある。

ところで、キリフキさんの物語では、謎の全てが解かれるわけではない。こういった職業をはじめとする物語世界について、恐らく作者は細かなところまで決めているのであろうが、しかし書かれない部分の方が多い。今作でも、例えば「とげ」とは何か、という重要なことも明らかにはされていないし、そもそも主人公もその姉も名前が登場しない。登場人物の生い立ちなども、ときおり語られることはあるが、かなりの部分は謎のままである。

しかし、これは実のところ、実際の生活にすごく近い振る舞いではなかろうか。我々も普段生活する中で、何かをきっかけに自分のルーツや情報を詳しく説明することはあるが、機会としてはあまりない。それと同じように、登場人物たちは物語世界の中で、きわめて普通に彼らの日常を生きている。そのため、小説にありがちな、わざとらしく自身を説明したりするくだりはキリフキ作品の中では出てこない。その世界や彼らの成り立ちが作為的であるのに、行動は作為的ではないのだ。彼らについて、我々には想像の余地が与えられている。作者との想像の共同作業、これこそがキリフキ作品を楽しく読むために必要なことであろう。

この物語は、終わってはいるものの閉じてはいない。主人公はこれからもとげ抜きを続けるのか、猫遣いは今後猫芝居をすることがあるのか、はたしてヒナツさんとサラリーマン氏の恋の行方は……などなど、気になる点はいくらでもある。だが目を閉じて本棚荘の今後を思い浮かべれば、その後の彼らの姿が浮かんでくる気がする。面白い会話をしながら、何かをしたりあるいは何もしなかったりと、彼らっしく過ごすその日々が。

ちなみにキリフキさんにはお会いしたことが無いので、今回、残念ながらその人柄をお伝えすることはできない。お会いできる機会があれば嬉しいのだが、それよりもなお新作にお会いできることを期待している。

平積みスペースを空けてお待ちしております、キリフキさん。

（書店員）

MF文庫
ダ・ヴィンチ

はじめまして、本棚荘

二〇一〇年二月二五日　初版第一刷発行

著　者　紺野キリフキ
編　集　ダ・ヴィンチ編集部
発行人　横里　隆
発行所　株式会社メディアファクトリー
〒一〇四―〇〇六一　東京都中央区銀座八―四―十七
電話　〇五七〇―〇〇二―〇〇一
〇三―五四六九―四八三〇（ダ・ヴィンチ編集部）
印刷・製本　大日本印刷株式会社
フォーマットデザイン　名久井直子

ISBN 978-4-8401-3228-2　C0193